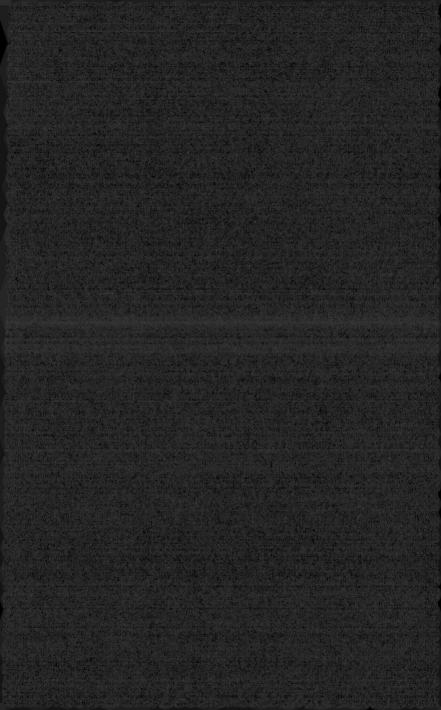

台湾聖母

村上政彦

コールサック社

台湾聖母

村上政彦

私は歳時記のゲラ刷りを手に取って、銀の柄がついたドイツ製の天眼鏡越しに確かめる。老眼鏡だけでは細かな字を読み取ることが難しいのだ。何度も推敲を行なっているから、何が書かれているかは憶えている。大きな変更はない。部屋の模様替えで家具の位置を試すように言葉を動かす。するといつか眼の働きが、厚い凸レンズの向こうに大きく映し出される、漢字の旁《つくり》と偏、平仮名、片仮名の、直線や曲線を愛撫するようになぞっていることがある。

天地を食らひて太しひる一つ　劉秋日《りゅうしゅうじつ》

台湾では大蒜という蒜を、私はひると呼ぶ。ひるの、ひ。この文字を見るたびに、初めて見た海の大きく湾曲した海岸線を思い出す。潮の香を含んだ微風や足裏で踏みしめた砂の感触。波の響き。広い紺色の海。ひ、はあるいは女の豊かな乳房の線だ。頬にかかる母の息。乳の匂い。安らかな眠りを約束する柔らかな闇。ひ、の曲線で囲まれた内側の空間は一つの小宇宙で、そこに眼に見えないさまざまな物を呑み込んでいる。忘れられた時間。誰かの運命。さらには文字の魂。それが何なのかは秘密の、ひ——

やがて私の眼はまた文字に誘われた幻の風景から、凸レンズの下の活字の並びに戻っている。平仮名を使った箇所の締まりがないように思えて漢字にしたり、語尾を過去形から現在形に直したり、赤ペンを走らせる。最初の一語を書いてから二十年に近い歳月が過ぎていた。赤ん坊が親から独立して故郷を出るようになるまでの時間を共に過ごして来たわけだから、もう少しで手を離れるのかと思うと、やはり寂しい。これは私の悪い癖で、いつも迷惑をかけている結社の同人からは、先生、もっと思い切りを良くしないと、安らかに死ぬこともできないよ、と忠告されている。伸びを一つして部屋を出て行く。誰もいない職員室の鍵を開けて、隅のロッカーの上にあるコーヒーメーカーに豆と水を入れてスイッチを押し、傍らの椅子に腰かけて煙草を吸った。小さなモーターの唸りと湯の沸騰する音が聞こえて、香ばしい匂いが立ち込める。まず一杯目を自分のために入れて、もう一本煙草を点けた。

「劉さん、お早ようございます」

扉が開いて、福山校長が重々しく頷きながら机に鞄を置いた。私は彼の分のコーヒーを注いでカップを手渡す。

「異常ありません」

「御苦労様でした」

福山はわざと恭しく頭を下げて労った。この日本人学校で暮らし始めたのは、私の主宰する俳句結社の菱木という同人が、PTAの会長を務めていたことがきっかけだった。長く住んでいたアパートが解体されることになり、七十を過ぎた老人の独り暮しのせいで、なかなか新しい住居が決まらなかった。家やアパートを買う意志のない私は、ホテルを転々としていた。それを知った菱木が、夜は無人の警備システムを導入している学校に、やはり人間もいた方が安心だと持ちかけた。校長は総合商社の支社長という日本人社会の有力者の依頼を断れずに、私を夜警に採用して、寝る前に懐中電灯を持って校舎を一巡りするだけで、物置き同然になっていた宿直室に住む権利を与えた。日本式に言うなら四畳半ほどの部屋は、私と一匹の台湾闘魚と気紛れな猫には充分な広さで、家賃も光熱費も要らない。仮住まいのはずのこの暮らしも三年目に入った。一度落ち着くと引っ越すのが面倒だった。菱木が帰国しない限りはここにいることになるだろう。

部屋に戻った私は、水槽の隅でじっとしている闘魚と、奥のソファーで円くなって上目遣いにこちらを見つめているブチの猫に餌を与える。台湾闘魚は、日本領の時代に台湾金魚と呼ばれた、体長が十センチほどの、東アジアから東南アジアに分布している鑑賞魚だ。雄はテリトリーに他の雄が侵入すると、火が点いたように紅く変色して、どちらかが死ぬまで戦う。よく怒る。一つの水槽で二匹の雄は飼えないのだ。その性質が面白い。

猫は校庭の芥箱の周りをうろうろしているので、食事の残りをやったら、部屋へ出入りするようになった。朝食を与えると外へ出すことにしていたが、こちらの事情を分かっているのか、明るいうちは学校へ寄りつかず、暗くなって私が宿直室へ戻るとどこからか忍び込んで来る。私は彼の飼い主だと思っていないし、向こうもそれは迷惑だろう。この部屋で、闘魚も、猫も、私も、それぞれが自分の領分を侵されることなく同居しているのだ。餌を食べ終わった頃に窓を開けてやると、猫は口の周りを舐め回し、さっと窓枠に飛び乗って、辺りの様子を窺いながら外へ出て行く。塀を乗り越えればレストランやブティックの並ぶ街路だ。

同居人の世話が済んだ後は、手帳を開いて今日の予定を確認する。細かな仕事を平行してやっているので、きちんと管理をしないと月末に慌てる。業務内容は、主に日本語、英語、北京語の文書の翻訳で、他にも日本から台湾を訪れる観光客のガイドや日本語教室の講師をしている。私のオフィスの実質は、携帯電話が一つ、モバイルコンピュータが一台だから、どこへでも移動ができた。歳を取ると電子機器が扱えないというのは俗信だ。子供のころ家の近くに水車小屋があって、中に碾《ひ》き臼が据えてあり、水車の回る力で小麦粉を挽く仕組みになっていたが、村の年寄りはこの技術を上手く活用していた。携帯電話やコンピュータは水車小屋と変わらない。私は戸締まりを終えると、モバイルコンピュータを入れたショルダーバッグを提げ、自転車を近くのマクドナルドへ走らせた。

午前中は通りに面したカウンターに坐って、翻訳するための文書とコンピュータを開いている。ここは店員の愛想が良い。味に拘わらなければ環境が整っていた。よく磨かれた硝子の向こうで、車が走り、人が往来し、犬がのんびり歩いている。この街には日本人学校だけでなく、アメリカンスクールもあるから、通行人の中には白人や黒人もいる。ここにいると疲れた時に眼を上げるだけで心が呼吸する。風が入る。イギリスの文人は、いつも陽の光が射すように設計された硝子張りの書斎を持っていたらしいが、私の場合は街全体が庭だ。最近はスターバックスもできたから、オフィスには困らない。時にはそういう店を梯子する。街の風景を眺めながら仕事を進められることが、何よりも気に入っている。

台北北駅から中正国際空港までは、バスで一時間の道程だった。タクシーに乗り変えて、椰子が湿気を含んだ風にそよぐ広い道路を走ると、硝子張りのスタンドが並んでいる。床が高く、カウンターと数脚の椅子があって、傍らには透明な冷蔵庫と、檳榔《びんろう》や煙草を入れたケースがある。中にはミニスカートやショートパンツの売り子がいて、椅子で長い脚を組み、通りを走る車の男達に鑑賞させていた。私はタクシーを降りると、そうしたスタンドの並びの一つに入った。

「いらっしゃい」

秀麗《しゅうれい》が坐ったままで私を迎える。滑らかな、癖のない、美しい日本語は、最初会った時には日本人かと思ったほどだった。

「コーラ」

彼女は怠そうに椅子から滑り下りて、冷蔵庫から出したコーラをグラスへ注ぐ。青いジョーゼットのドレスの、大きく開いた胸元には真っ白な肌が覗いて、フリルのついた短い裾から青いストッキングに包まれた華奢な脚が伸びている。

「君も何か飲まない」

「煙草もいい」秀麗は冷蔵庫からオレンジジュースを取り出しながら訊いた。

「いいよ」

一つ向こうの椅子に座り直した彼女は、ケースから煙草を一箱抜き取ると、一本咥えて燐寸《マッチ》で火を点けた。紫色の煙に眼を細めて、私が手渡した岩波文庫をぱらぱらと開く。日本語の書籍を専門に扱っている書店で、数日前に買って来たばかりの梶井基次郎だ。

「ここね」

秀麗は端を折って耳の作ってあるページを開いて眼を上げた。微熱があるように潤んだアーモンド形の眼は、やや色素の薄い鳶色の瞳の周りを、濁りのない白眼が囲っている。

「そうだね」

彼女は煙草を指で挟んで、濃い桃色の舌でちろっと唇を舐めた。私は秀麗の煙草を一本抜き取って火を点けると、椅子ごと体の向きを変えて、殺風景な眺めと向かい合った。静かに眼を閉じて秀麗の声を味わう。彼女を特別にしているのは、顔でも、胸でも、脚でもなかった。声だ。その響きには、何が録音されているのか分からない古いテープを再生したら、今はもうこの世にいない家族の懐かしい声が聞こえてきた――そういう得難い魅力があった。

秀麗と出会ったのは今年三月だった。旅行代理店から、日本人の実業家が商用で台北を中心に一週間ほど滞在するのだが、交渉に慣れた人物を希望しているので、私を推薦したと言われた。空港に現われた依頼主は島野という若者で、檳榔のスタンドを売り子の台湾娘ごと日本へ輸入しようとしていた。檳榔は南方系の椰子科の植物で、実を石灰に包んで噛んでいると覚醒作用がある。口の中に溜まった赤い唾液を道に吐くから、市民からは不衛生だと嫌われ、労働者やヤクザが常用している。島野は、まず東京の若者の間に市場を作りたい、檳榔を輸入するルートは確保した、後はスタンドと売り子を仕入れて、渋谷と原宿で試験的に営業するというのだ。女衒《ぜげん》の手伝いは御免だった。仕事を下りたいと申し出ると、旅行代理店に賠償金を請求する、というので担当者に連絡を取った。彼は島野を個人的に知っていて、怪しい人物ではない、と保証したから仕方なく引き受けた。

私はスタンドを回っている間、島野が売り子の娘へ名刺を渡すたびに、

——電話をする時にはよく考えた方がいいよ、と注意を促した。そうした売り子の中の一人が秀麗だった。安易な気持ちで誘いに乗ってはいけないと言うと、それまで北京語で話していたのに、「それは自分で決めるから」と流暢な日本語が返った。驚いている島野に名刺を返しながら、「乗れない。自分より頭の良い通訳は使わない方がいいわ」と言った。二度目にスタンドを訪ねた時、彼女は私のことを憶えていた。

「あの話、断ったけど」

私が客として来たことを告げると、黙って注文された商品を取り出して、ヘッドホンステレオを聴きながら、綺麗に彩色した爪の手入れを始めた。何度か通って話をしようとしても、短い返事をする

だけで会話にならなかった。私は不満だった。声が聴きたかったのだ。それである日、文庫本を取り出して、これを朗読してくれないかと頼んでみた。

「どうして」と彼女は微熱のあるような潤んだ眼を向けた。

「僕の日本語は、やっぱり日本人の日本語と違う。微妙にね。君はそうじゃない。だから君の日本語を聴いてると、正しい日本語を思い出せる」

秀麗は言葉の裏側にあるものを探るような表情になった。

「だったら日本語の学校へ行けば」

「学校は、……学校は退屈だよ。詰まらない。…でも、いいよ、嫌なら無理には」

彼女は本を手に取って、そこから私の気持ちを読み取ろうとするように、ぱらぱらとページを捲っていった。

「どこを読めばいいの」

秀麗は国木田独歩の『武蔵野』を滑らかに朗読して、「これでいいの」と言った。謝礼を差し出すと首を振って拒んだが、私が頻繁にスタンドへやって来て朗読を依頼し、そのたびに謝礼を支払おうとしたら、ある時に子供のころ将来はアナウンサーか声優になりたいと思っていたと告げて受け取った。それは私が初めて知ったプライベートな情報だった。さらに台北の日本人学校に通っていたことを知って幸福な偶然を喜んだが、彼女は私が母校の職員であることが分かっても、それほど驚きもしなかった。確かに台北の日本人学校は一つしかないし、台湾の日本語人口は北京語に比べればずっと少ないのだから、私と彼女の接点としては珍しくもなかった。

「終わり」

煙草を吸ったりオレンジジュースを飲んだりしながら朗読を続けていた秀麗は、本を閉じて宙に指で円を描く。句点を打ったのだ。

「ありがとう」

私は溜め息をついて煙草に火を点けた。硝子の向こうの、トラックやタクシーが行き過ぎる風景を眺めながら、言わなければならないことを確認する。

「コーヒーくれないか、温かいの」

よくエアコンが効いているので少し体が冷えていた。湯気の立つ褐色の液体を満たしたカップがカウンターの上に置かれた。私はさり気なくショルダーバッグからカセットテープを取り出した。

「仕事頼みたいんだ。本格的に朗読してくれないかな、ギャランティー払うから」

秀麗は私が差し出した岩波文庫の樋口一葉の『にごりえ』を手に取って眺める。

「劉さん、もしかして声フェチ」

私はコーヒーを飲みながら笑った。

「もちろん君の声は好きだよ。でも、それだけじゃない。できればCDにしたいんだ」

「劉さんの仕事、通訳でしょ」

「仕事で知り合った日本の音楽プロデューサーが、朗読できる人を探してる。童話のシリーズを作りたいらしい。

声優とか、アナウンサーになりたいって言ってたでしょ。売り込んでみたらどうかな。君ぐらい日本語ができれば国の違うことは問題にならない。台湾人だっていうのは、却ってチャーミングな要素だ。どう、やってみない。君を応援したいんだ」

一瞬秀麗の眼に強い光が宿って、その顔に何か不快なものが現われ、文庫本をカウンターに投げ出した。

「やらない」

彼女はヘッドホンで耳に栓をすると、外へ顔を向けて、このスタンドにたった独りでいる表情になる。こんなことは初めてだった。戸惑いながら、私は全身で私を拒んでいる秀麗を見詰めた。

「秀麗」

呼びかけても言葉が届いていないらしく、こちらを見ようともしない。何度声をかけても同じだった。

「今日は帰る」

謝礼をカウンターの上へ置いてスタンドを出た。鈍い銀色の雲に覆われた空の下で、強い風が沿道の椰子の葉を大きく揺らせた。激しく気候の変化する十二月の、違う国へ来たような寒さに、コートの襟を立てて首を竦める。若い娘の気持ちは謎だった。彼女達のことを分かるには、あと三百年ぐらいは生きることが必要なのだろう。

台湾を旅行する日本の若い娘に、どこで日本語を学んだのか、と訊かれたことがある。私は少し意地悪く、

「あなたの日本語もお上手ですね。どこで勉強されたんですか」と訊き返した。「私はね、日本人だったんですよ」

すると彼女は、北海道の生まれか、と言った。友人と言葉使いが似ているというのだ。笑っているしかなかった。生まれたのは台湾本島の真ん中辺りにある小さな村だ。彼女が日本だと思っている土地へは行ったこともない。

父の劉明信《りゅうめいしん》は、山奥の、閩南《びんなん》瓜と砂糖黍《きび》を栽培する貧しい農家の出身だが、日本語は今の私よりも巧みだった。

「うちの豚は丸々太ってた。よく飼育のこつを訊かれたよ。要は餌だよ。ちょっと工夫すればいいんだ」

晩年の父は、酔っ払うと「十五夜お月さま」を口ずさんで、遠い昔を昨日のように語った。彼が豚の売買で家計を助けたのは、本島人の子弟が通う公学校へ入ったばかりの頃だった。教室では親が無筆と思えない才知を現わして教師に可愛がられ、卒業と同時に用務員の仕事を貰い、夜は中等教育の

個人教授を受けることができた。やがて州庁に採用されて人生を拓くきっかけを摑んだと思ったら、同期で入った内地人の佐賀の男が先に昇進した。父が他の本島人よりも優遇されたのは〝国語〟の能力のお陰で、成人する頃には内地人と間違われるほどだったのに、若かったから躓《つまず》きの原因を言葉の未熟さに求めた。

父の国語熱は家族にも及んだ。結婚した黄淑真《こうしゅくしん》には普段から客家《はっか》語を禁じた。母は物心ついた私を抱いて、蓄音器で童歌のレコードをかけ、絵本を読み聞かせた。寝る時には頭を撫でながら、

——いい夢が見られますように、と囁《ささや》く。

父は妻にわざと難解な言葉で話すことがあった。声は苛立った不機嫌な響きを帯びている。満足に学校へ行けなかった母は、夫の表情から意味を読み取ろうと、大きな眼を見開いて顔を見詰める。すると、

——牛や馬でも、おまえよりましだ。皮肉に言い放った。

赤ん坊を死産すると、母は乳の匂いがして、よく泣いた。本を読んでいたら、声が震えて何かがページに滴る。振り仰いだ顔は笑っていて、指が涙を本に擦り込む。私が客家語を使うと哀しそうに叱った。母が結核で療養院へ入った時、乳と涙の出過ぎで病気になったと思ったが、祖母は本の読み過ぎだと言った。

私の家は「国語の家」という日本語を常用する家庭だった。普通の台湾家屋と違って畳敷きの和室

があり、神棚には皇大神宮の大麻が祀ってある。大陸から移り住んだ祖父は、息子の国語熱を歓迎しなかったが、彼が持って来る米や酒がそのお陰であることを知っていたから強く反対もしない。台湾で生まれた祖母は、今は日本の天下だから、表向きは調子を合わせておけばいいと言った。そのくせ私が日常会話なら国語で話せるようになり、イロハが書けるようになっても、できるのは挨拶ぐらいだった。

私の国語の学校はもう一つあった。父が属している俳句結社の句会だ。主宰は職場の上司で、高浜虚子に私淑した柴田忠良という四十歳を過ぎた人物だった。九月生まれの私を、秋日と命名したのは彼らしい。句会は内地からやって来た、総督府の役人、銀行家、農業学校の教師、本島人の何人かが参加して、国語のサロンになっていた。会場は州庁の近くにある柴田の家で、私の村から三十キロ離れている。父は私を連れて、家から歩いて小一時間の、公学校の正門の前からバスに乗った。座席に膝を突いて、窓に手を当て、高速で流れて行く風景を眺める。腰に革のバッグを提げて車内を歩き回る車掌や、小さなハンドル一つで易々と大きな車体を操る運転手が、とても格好良く見えて、彼等と同じ言葉を話せることが嬉しかった。

句会は朝の十時から始まって夕暮れまで続く。天気の良い日は庭で、雨が降ると庭に面した広い座敷で行なわれた。十人ほどの兼題の句を進行役が読み上げ、みなで評価を述べ合って点を入れ、やがて作者が明かされて、怖々と自作の解説をする。時折主宰から句を整えるための添削がある。俳句に用いられる国語は、父に教えられた言葉と違っていたし、季語だの切れ字だのも分からなかった。最初の頃は退屈で仕方なかったが、指を折りながら五七五の定型に言葉を当て塡《は》める作業は、慣れるとパズルのようなもので面白くなってきた。

昼になると、和服の、ふっくらした女性が食事を運んで来る。主宰の奥さんの手料理は、味が濃いだけの祖母の料理と違って、とても美味しかった。私はここで、ちらし鮨、カレー、親子丼を知った。中でも、ちらし鮨の雲丹の味は忘れられない。奥さんは、私があまり美味しいと言い募るものだから、瓶入りの雲丹の佃煮を土産にくれた。

昼休みには、坂上という農業学校の教師が、

――秋日君は偉いなあ、と私を褒めた。内地の子供に教えてやりたいよ。

内地人の同人は、国語を学ぶ本島人を心の底から称賛しているようで、みな優しくて親切だった。父は誰よりも真摯な態度で句作に臨んだ。主宰から貰った歳時記を開いて、公学校の恩師から就職祝いに贈られた万年筆で、白い半紙に文字をしるしている姿は、州庁の役人というより少壮の学者のように見えた。柴田はおっとりした口調で話す穏やかな人物だったが、内地人にしばしば辛辣な批評をする一方、父には好意的な評価を下すので、私は誇らしかった。芭蕉をシェークスピアよりもすぐれた詩人として称揚し、勉強のためにと七部集や『おくのほそ道』をくれた。私はそれを読んですっかり芭蕉の門人になり、東北に憧れた。三時になると、大人には酒肴がふるまわれ、子供には御萩や汁

粉が出た。話題は俳句から台湾の行政に関わることや内地の消息に移っていく。大人の話に入ることのできない私は、甘い物を食べてしまうと、句会のもう一人の子供の参加者、柴田の息子と遊んだ。

良悟という名の、私より三歳年上のこの少年は、内地人の子弟が通う小学校の四年生で、折り目のついた紺色のズボンと真っ白なYシャツを着ていた。話しかけられると、返事の代わりに羞《はにか》んだ笑みを浮かべる。上に中学生の兄と姉がいたが、二人は姿を見せなかった。良悟と私は互いに、「秋ちゃん」「良ちゃん」と呼び合って、将棋や煙草の空箱で作ったメンコをした。本島人の遊び仲間と違って、彼の部屋には地球儀や銀色の鎖のついた懐中時計や鉱石標本や珍しい物が沢山あった。私は裸足で外を走り回っていたのに、良悟は靴を履いていた。父がよく帰りがけに柴田の奥さんから手渡される風呂敷包みには、良悟の着られなくなった衣服が入っていた。

父から学んだ国語と、句会で耳に入ってくる内地人の国語は微妙に違った。発音や抑揚が人によって異なるので戸惑ったが、台湾語に福建系の閩南語と広東系の客家語があるように、国語にもいくつかの方言がある、同人には九州人と東北人がいるので、手本は東京出身の柴田家の人々の言葉だと教えられて納得した。ある時私は「ぼっけえ」という言葉を使ってみなに笑われた。それは岡山出身の坂上の口癖で、「とても」とか「大変」という強調のための方言だった。私がその言葉を使ったのがきっかけで、国語と台湾語の関係をどう考えるかという話題が持ち上がった。

坂上は方言を擁護して、自分は岡山を生まれた土地として愛している、日本は祖国として愛している、方言も国語も、どちらも大切にするべきだと主張した。こういうことは、土地の人間の意見を訊いた方がいい、と誰かが言った。その日句会に集っていた本島人は父と私の他に二人いた。彼等は、我々がまだ台湾語を使っているのは過渡的な現象で、本島に国語が広まっていけば、やがて台湾語は消えていくだろうし、それでも構わない、と言った。

――台湾語は方言ではないと思います、と父は言った。台湾語は、大陸から渡って来た我々の祖先が、台湾本島で使い始めた言葉です。元々は中国語です。外国語です。我々は日本人ですから、国語を使うべきです。

私も意見を求められて、祖母は国語が未熟なので話していても面白くない、台湾語は格好悪い、という意味のことを言った。他の大人達は笑っていたが、坂上は、

――秋日君、自分のお祖母さんをそういうふうに言っちゃいかん、と注意した。ぼっけえいかん。劉君の教育は行き届いている、皇国の未来は明るいと誰かが言って、父は曖昧に笑った。私の意見は単に父の教育の成果だけではなかった。私は牛が口から泡を吹きながら引っ張る牛車よりも、白い手袋をした運転手がハンドルを操るバスの方が好きだった。私にとって、国語はバスの側にあったし、台湾語は牛車の側にあった。私は国語を上手に使いこなせる日本人でありたいと願った。

秋の暮れぶるぶる赤い夕日かな　　秋日

これは私が七歳の時に、初めて参加した句会からの帰路のバスで、父に教わりながら五七五と指を折って詠んだ句だ。実景ではなく、記憶の中の風景だったが、次の句会で柴田は、写生の眼が利いている、と褒めてくれた。

小籠包の美味しいレストランとして、日本人向けの旅行案内に載っている公館地区の台北楼は、月末の日曜になるとシャッターが下りた。この日は、がらんとしたフロアに清潔な白いテーブルクロスを敷いたテーブルがコの字形に並べられて、全体を見渡せる席に坐った私が、ぼんやりと煙草を吹かしている。椅子を揃えたり、コーヒーポットを置いたり、細々と立ち働いているのは、店主の鄭仙居《ていせんきょ》だ。彼は私と同い年の、『華麗俳壇』の創刊に関わった古顔で、僅かな費用で句会の会場と、贅沢な午餐、三時のお茶を提供してくれる頼もしいパトロンだった。

「雨だよ」

上着を手で払いながら王子能《おうしのう》が入って来て、その後ろから途中で一緒になったらしい張秋香《ちょうしゅうこう》が現われた。

「傘へ入っていけばいいのに。風邪引くわよ」

秋香がハンカチを差し出したのに手を振って、

「これくらい」と王は笑った。「雨に濡れたら雨の句。風邪になったら風邪の句」

「風流だね。風邪の句、いいのができたら歳時記に入れよう」私が言った。

「王さん、ぜひとも風邪引かなきゃ」鄭が言った。

「だめよ、年寄りはすぐ肺炎になるから」

やがて結社の同人が次々とやって来て、三十席のテーブルはほぼ埋まり、あちこちに賑やかな日本語が零れた。ほとんどが日本領の時代の国語教育を受けた台湾の婦人で、日本人は菱木の他に仕事で台湾へ赴任した会社員の夫妻だけだった。

「では、今月の兼題句、届いた順に読み上げます」進行役の王がよく響く低い声でメモを読み始めるとフロアは静かになった。

台湾には早くから台北俳句会という日本語俳句の結社があった。主宰の黄霊芝《こうれいし》は天分に恵まれた俳人で、私も懐の深い人柄に惹かれて籍を置いたが、一九七三年に仲間と俳句誌を創刊した。戒厳令下で名称に「台湾」を冠するのは危うかったから『華麗俳壇』とした。禁じられた日本語を使う者は政府の監視を受け、句会をしていると、隅の方に未知の人物が坐っていて、話しかけても返事をせずに、いつの間にかすうっといなくなる。私の思い過ごしかも知れないが、気味が悪いことに変わりはない。戒厳令が解けてからはだんだん自由になってきたものの、日本語への制約は微妙に残っている。結社の会員が五十人ほどしかいないのは、公に宣伝ができないからだった。

私達が日本語で表現してきた理由はさまざまだ。日本人は、日本語を話す年配の台湾人がみな郷愁を求めていると短絡するが、そんなに単純ではない。鄭が午餐の皿を運んで来る若い妻に出す指示は閩南語だし、国民党が台湾を統治してから生まれた子供と話すのは北京語だった。家の中では閩南語と北京語が〝公用語〟になっているのに、日本語を手放さないのは便利だからだった。「漢文の本は難しくて読めないよ」と彼は言った。「漢字ばかりで眠くなる。書くのは平仮名の方が簡単。さっと書ける。時間の節約になる」

浜風やイロハニホヘト散りゆきぬ　鄭仙居

砂に指で書いたイロハが強い浜風で少しずつ消えていく、というこの句には、文房具が貴重品だった時代に、砂浜をノート代わりにして文字と戯れた幼い頃の体験が詠み込まれている。私も鄭も十七歳まで日本語で生活していたのだから、使い慣れた言葉が便利なのは自然なことだ。

王子能の場合は少し違っている。私より一つ下の彼は、日本が台湾を捨てたあと自らに日本語を禁じて北京語を学び抜き、台湾大学で建築学を講じるまでになった。四十代の終わりに中学校の同窓会誌から寄稿を依頼されて、断り切れずに原稿用紙へ向かい、三十年以上も使わなかった日本語で書き始めると、当時の記憶が瑞々しく蘇った。家でも大学でも不自由しないほど新しい国語を使えるようになっていたが、感覚的な表現は、北京語だと薄い皮膜が一枚あるようなのに、日本語だとじかに物を摑んでいるようだった。

「内地人の先生に野球を教わった。放課後の校庭を裸足で走った感触や、先生の号令の響き、暮れ方の空の色を生々しく思い出した。白黒の風景に色がついた感じだったね」

王はこの体験から、日本語という回廊を通って、少年の頃だけの叙情的な世界へ赴くのが愉しみになった。

叢のボールは何処へ鰯雲　王子能

句会では、私の左隣りに王が坐って、右隣りには結社の有力なパトロンの一人で、設立当時からの同人である事業家の曽世昌《そせしょう》が坐る。彼にはこんな句があった。

新正の蒼穹つつみて日章旗　曽世昌

台湾には、旧正月と日本領の時代がもたらした新正月がある。祝祭の気分は旧正月の方が強いが、光復後も新暦を使うようになったせいで新正月は残った。親日家の彼は、初めて句会へ参加した日本人に、下の息子の嫁が吉田松陰と同じ長州人であることを自慢して、ベルリン・オリンピックの時に歌われた「あがれ日の丸」という歌を口ずさんでみせる。菱木はその洗礼を受けた時に、ひどく戸惑いながら、

「日本人は何か台湾で良いことをしたんですかね」と訊いた。

「教育は成功した」と曽は右手の人差指を立てた。「良い日本人は特攻隊でみんな死んだ。台湾にはまだ良い日本が残ってる。私はいつも日本の方に言ってます。日本の一番良いところ見たかったら、台湾へおいでなさい」

菱木は頻りに〝カルチャーショック〟を繰り返した。私達は曽が歓待の心の厚い台湾人であると同時に、大の字のつく大陸嫌いなのを知っているから、ただ笑っているだけだった。動くことで句会を心地良くする鄭と対照的に、彼は坐っているだけで句会らしい空気を作る。

台湾人が日本語を使う理由は層を成していた。もっと若い会員になるとさらに事情が違う。年配者に遠慮して隅の方に坐っている許紅梅《きょこうばい》は、私大の日本語学科の女子学生で、日系企業に勤める父親が学んでいた日本語に関心を持った。彼女に誘われて参加した男子学生の邱維泰《きゅういたい》は、いつか若者の率直さで菱木にこんなことを言った。

「私の祖父は大陸出身で――ごめんなさい――日本に良い感情を持ってない。南京大虐殺とかありましたから。でも、祖母は台湾出身なので、日本が好きです。私は、卒業したら、日本と貿易したいです」

台湾には五つの語族がいる。福建系の閩南語族、広東系の客家語族、先住民の語族、大陸の公用語である北京語族、日本領の時代に教育を受けた日本語族だ。光復後の国語は北京語だから、他の言語は人口が減少している。特に日本語族はひどい。許と邱は稀な存在だった。しかし学生は卒業して日本語と関係のない仕事に就くと句会へ来なくなる。二人が結婚して子供の子供が生まれる頃には、台湾の語族は四つになっているかも知れない。

『華麗俳壇』でも、去年は創刊からの同人で、同郷の謝坤成《しゃこんせい》が死んだ。私は自分の半分が死んでしまったようで、しばらくは俳句を見るのも嫌になった。他にもまだ重い病気を患っている同人がいる。卒寿を迎える呉嘉徳《ごかとく》は、二カ月前に心筋梗塞で入院した。長く務めた結社の事務方は妻の秋香へ引き継がれたが、気分が良いとベッドに起き直って歳時記を捲っているらしい。ついさっき夫の兼題句を持って来た彼女から最近の容体を聞いた。

「好きなことしてるうちは大丈夫でしょ。血管に流れてるのは血じゃなくて俳句だから」

「じゃ、貧血にならないように」私は自分の新しい句集のゲラ刷りを手渡した。「新しい血を輸血してやって」

「血圧が上がり過ぎるかも知れない」

「心配ない。僕の句は健康食品みたいなもんだ」

「分かりました。先生の元気にあやかれるように」

秋香は注射器に見立てたゲラ刷りを腕に刺す仕草をして、鼻の頭に皺を寄せて笑った。あの大戦中、陸軍病院の看護婦として大陸に従軍し、少なくない死者を看取ってきた彼女の言葉には、いつもこちらを励ます響きがあった。その繊細な気遣いは、初めて参加した者でもすぐに溶け込める温かさを句会にもたらした。結社の古い同人は、彼女から朝起きて血圧を測るように勧められて実行している。私は今朝も日本製（中の機械は台湾製）の血圧計を使った。グーンと低く唸って帯がきつく締まり、やがてピッ、ピッ、ピッと脈拍を表わす電子音が鳴る。規則正しい血管の収縮運動は、空に浮かぶ星の運行を支えるのと同じ何かに則っている——そう秋香は言った。

私にとっては、この何かに迫る試みが俳句だった。俳句は、眼ではなく、舌だ。見るよりも味わう。雨の姿を描くのではなく、降る雨そのものになる。うまくやればそれができる。俳句にとって私は価値のないものだ。しかし私に俳句がなければ半分しか生きていないことになる。

私の血管に日本語が入ってきたあの頃、老いの果ての死はずっと遠くにあったし、戦争もまだ身近に迫っていなかった。明仁親王の生誕を祝う提灯行列に加わって、万歳を叫んで声を嗄《か》らし、帰りに紅白饅頭を貰ったことを憶えている。子供にとっては穏やかな時代だった。私の日課は、青々と続く田圃での騎馬戦や、関帝廟のある広場での野球で、たまに祖母と隣の家の畑仕事を手伝った。私はすでに学齢に達していたものの、公学校は義務教育ではなかったし、家からの距離が三、四キロあって、子供の足では通学に一時間近くかかったので、入学したのは九歳の時だった。村は米と砂糖黍を作る貧しい農家ばかりで、子供は季節に関係なく裸足で走り回っていた。登校する時には教科書を包んだ風呂敷を肩へ襷がけにし、校門の前で家から持って来た運動靴を履いた。

父は私にみなが羨ましがるキャンバス地の鞄を与え、村長の家にしかなかったラジオを買い入れた。そして私の就学に合わせて、名前を日本式に変えた。抵抗した祖父母はそのままだったが、私は劉秋日から青野秋夫になった。父は細い筆で、教科書、ノート、筆入れ、鞄、靴に、新しい名前をしるした。それはどれも全然知らない他人の持ち物のように見えた。学校で出席を取る時も、「青野」と呼ばれると、自然と返事をする声が小さくなる。友達は私を「秋夫、秋夫」とからかい、家を訪れた祖父は、玄関に掲げられた毛筆の表札を見て、歯でも痛むように眉を顰《ひそ》めた。

公学校は本島と異なる内地の文化や、その文化を持ち込んだ人々と出会う場所だ。すでに内地人の句会へ通っていた私にとっても、真新しいことばかりだった。一日は二千人近い生徒がゆったり集える広い校庭での朝礼に始まる。「国旗掲揚」の号令で日の丸が掲げられると、いっせいに皇居のある東の方角へ向かって深々と頭を下げ、厳かに君が代を斉唱した。私は父のお陰で簡単な読み書きや会話ができるようになっていたが、ほとんどの生徒はそれまで客家語しか話したことがないのに、公学校では国語以外の使用を禁じられた。一年生の担任は、陳友光《ちんゆうこう》という本島人の男性教師で、細い竹の棒を腰のベルトに差していた。生徒が客家語を口にすると、白眼の多い眼で睨み、両方の掌を差し出させて、ピシッと音を立てて打った。

私は「国語の家」の出身だったので、教師の補助として何人かの級友を教えることになった。憶えが悪い者には体罰を与えよと言われて、担任に倣って竹の物差しで掌を打った。授業の合間に廊下や校庭で遊んでいると、思わず客家語が出てしまうことがあった。彼等はハッと掌で口を覆って私の顔色を窺う。私はズボンのポケットに差している物差しを取り出す。すると級友は仕方なさそうに掌を差し出す。私にしてみればこれは一種の遊戯のようなものだった。そんなある日、体操の授業を終えて教室に戻ったら、二つに折った竹の物差しが机の上へ投げ出してあった。相当の力を加えなければ折れる物ではない。私はそれから担任の真似を止めた。

一年間は公学校が好きか嫌いかを考える余裕もないうちに過ぎた。二年生は北沢志濃という朗らかではきはき喋る内地人の若い女性が担任になった。よく通る澄んだ声をしていて、白秋の「落葉松」や漱石の『吾輩は猫である』を、教室を巡りながら朗読した。自分で買って来た講談社の童話で学級文庫を作って自由に貸し与えた。毎週金曜日は「和服の日」で、女子は着物を着て登校することになっていたが、その日は志濃先生も御雛様のような装いになり、生徒の帯や裾を一人ずつ直して、

——よくできました、と抱きしめた。

女子は休憩時間も志濃先生を追いかけ回した。いつも誰かが側にいて、間借りをしている農家の離れには、放課後になると生徒が遊びに来る。女子はおはじきやカルタ取り、男子は紙相撲やメンコを

して、電気の来ていない家の子供は宿題をする。時折白い半紙を敷いた盆の上に、甘納豆や芋羊羹を載せて出してくれた。

私もいつの間にか志濃先生を好きになっていた。風に揺れる竜胆の花や、どこまでも高い青空や、鉱石の中で煌めく雲母や、私の心を震わせるすべての物を凝縮すると、彼女の姿になった。志濃先生から褒められたいために、せっせと勉強して級長になった。家庭訪問の時には、父母のほとんどが国語のできない「文盲」だったので通訳に指名され、片言の客家語しか話せない志濃先生の先に立って家々を巡った。

ある家では隅の方で話を聞いていた老婆が近くへ寄って来て、不意に彼女の顔に手を伸ばしたので、戸惑ったように私を見た。何をするのかと思ったら、この先生は若くて綺麗だから、艶々した頬に触れてみたいと言う。それを通訳してやると、志濃先生は無理に笑みを浮かべて、されるがままになっていた。満足して手を離した老婆は、良い肌をしてる、取れ立ての桃のようだ、と眼尻の皺を深くした。

——青野君、凄いね。名通訳、と言われて、私が得意にならないはずがなかった。青野という日本名と私を和解させてくれたのは志濃先生だ。「ａｏｎｏ」と彼女が発音すると、その名前が私にとっては最良であるように思えた。私の家へ来た時に、祖母は和室の卓袱台《ちゃぶだい》の上に烏龍茶ではなく緑茶を置いた。すっかりくつろいだ様子の彼女は、あ、茶柱が立ってる、と言った。私はこのうえなく幸福だった。

　工作の時間に彫刻刀で指を切ったことがある。傷が深く、血が止まらない。医務の教師は不在だった。志濃先生は、泣き喚く私を宥めながら、溢れる血で衣服が汚れるのも厭わずに止血し、消毒薬を浸した脱脂綿で、赤く口を開けている傷を丁寧に拭いてくれた。染みた。血と一緒に涙も止まった。私は消毒薬の匂いをまとった彼女をとても好ましく感じた。母と同じ匂いがしたのだ。

　この年の夏の朝、縁側で新聞を読んでいた父が、「いよいよだな」と大陸で戦争が始まったことを告げた。公学校の朝礼では、校長から、兵隊さんは御国のために命懸けで戦っている、我々も陛下の臣民として恥ずかしくない一日一日を送ろう、と訓示があった。私は何人かの級友と相談して、綺麗に洗濯した真っ白なハンカチに茶碗を包み、彫刻刀で指を切って円の部分に血を垂らし、手製の日章旗を作った。一度傷を負った痛みを思い出したが、躊躇《ためら》う気持ちを押し切って、良く研いだ刃を柔らかい指の腹に当てた。できあがった血染めの日の丸を見た志濃先生は、蜥蜴《とかげ》でも踏み潰したような表情になった。私達は校長室に呼ばれて、こんなことを誰から教わったのかと訊かれ、新聞に内地の生徒が血で日の丸を拵えて兵隊さんに贈ったと書いてあったから、と応えると、校長はじっと私の顔を見つめて、

　――行ってよし、と言った。

「国防献金の日」が設けられると、「和服の日」に志濃先生から抱きしめられる女子を羨んでいた私

は、父から貰った小遣いを足して、できるだけ多く献金した。それから間もなく戦場の兵士への感謝を込めて、「日の丸弁当の日」が設けられた。生徒は家から御飯だけの弁当を持って来て、一人に一つずつ梅干しが支給される。級友の中には不満を洩らす者もいた。私はどんな料理よりも、志濃先生が生徒の間を回って、箸で一つずつ御飯の上に置いてくれる梅干しが好きだった。彼女は弁当を持って来られない貧しい生徒を用務員室に呼んで、手作りの握り飯を渡していた。

三年生の担任は持ち上がりだった。級友はみな喜んだ。弾んだ気分の勢いで、私は志濃先生を句会に誘った。彼女は自分の生徒が俳号（私は本名の秋日を号にした）を持っていることに興味を惹かれ、どういう句を作っているのか訊く。私はいくつか自信作を教えて、面白いから句会へ行こうと繰り返した。

――そうね。面白いでしょうね。

志濃先生にしてみれば、考えて置くというつもりの言葉を、私は重く受け止めて父に相談した。その翌月の日曜の朝、彼女は私と一緒に柴田の家へ向かうバスに乗っていた。句会に集うのは男性ばかりだったから、若く美しい教師は、少し心配になるぐらい歓迎された。彼女は、男性の同人からちやほやされることを、あまり迷惑そうにしておらず、どこか軽はずみにさえ見えた。それでも志濃先生との間に級友の知らない秘密ができたことで、私は俳句と国語がますます好きになった。それは校庭に掲げられる日章旗や、直立不動で斉唱させられる君が代にではなく、私と彼女の間に属する言葉、二人だけにしか分からない暗号だった。季語を知っている級友は一人もいなかった。

句会のない日曜には志濃先生の部屋へ遊びに行くようになった。彼女は蓄音器でモーツァルトやベートーベンのレコードをかけ、オルガンで童謡やショパンの別れの曲を弾き、私にも弾き方を教えてくれた。今になって、志濃先生が私に関わったのは、夜になると療養院の母を思い出して、布団を被って泣いている生徒に同情したからだと分かる。しかし当時は私が志濃先生を好きなように、彼女も私が好きなのだと思っていた。

夏休みの午後、いつものように志濃先生を訪ねた。私はつがいの白い文鳥を入れた鳥籠を提げていた。その何日か前に父が柴田から貰って来た内地の土産をこっそり持ち出したのだ。鳥籠の中の文鳥に話しかけながら、農家の離れへ近づくと、女性の歌声が聴こえてきた。澄んだ伸びやかな声だ。志濃先生に違いない。彼女が朗読したり、歌を歌う時の、少し張りつめた声が好きだったからよく分かった。私は離れの傍らに、鳥籠を提げたまま立ち尽くした。その歌声は、軒先から流れ出して、平凡な田舎道や、ガジュマルの樹や、土角の家を美しく染め上げていく。すっかり風景を変えてしまう。どれだけ聴いていても飽きない声だった。

歌声が止んだのを見計らって、志濃先生に声をかけた。

——どうしたの、文鳥。まあ、綺麗。彼女は小禽に眼を見張って私を喜ばせた。

志濃先生は鳥籠の中へ手を入れて、しなやかな指の背で、文鳥の滑らかな白い頭をうっとりと撫でる。そして思いついたように、コップに水を汲んで来て窓を閉めた。文鳥を指に摑まらせて外へ出し、水を含んで顔を近づける。血の透けた柔らかな唇が、硬く尖った嘴を包んだ。文鳥はそこに水があると知って啄む。志濃先生は眼を細めて、されるがままになっていた。

蓄音器が奏でたのはイギリスの民謡だった。甘く淋しい旋律を、彼女は気に入っているらしく、何度か繰り返して聴いた後、今日はこれを教えてあげる、とオルガンの蓋を開けた。私は志濃先生の隣に腰かけた。

開け放った窓からは風一つ入らない。お手本を弾いている彼女の横顔には汗が滲む。こめかみに何本かの毛が張りついて、鍵盤の上へ雫が垂れた。志濃先生の体は、いつもより熱を発散させて、汗と化粧の混じり合った匂いがする。私は自分の大きな鼓動が伝わらないように体をずらせて、滑りがちなオルガンの鍵盤を慎重に押さえた。

志濃先生が手を止めて、タオルで首筋を拭いながら隣の部屋へ行った。向こうで呼ぶ声がする。

——はい。

覗いてみると、ひどく慌てた彼女が、両腕で豊かな裸の胸を覆った。

——着替えるから、待っててって言ったの。

軽く非難されて、私はオルガンのある部屋へ戻った。上の空で鳥籠の文鳥を指で突っついていた。

しばらくして、白いブラウスに着替えて、髪を綺麗にまとめた風呂上がりのような志濃先生が、盆に井戸で冷やしたサイダーとコップを載せて現われた。

　それからは何を話したのかよく憶えていない。私の網膜にはハッとするほど真っ白な乳房の残像が残っていた。


　靄のような切れ切れの雲をまとった朧な満月の下の、ネオンと蛍光灯の光が眩しい硝子張りの四角い箱の中では、秀麗がカウンターの椅子に一人で腰かけていた。私はその姿を月の周期に伴って時々見る艶かしい夢の中で見たような気がした。いつまで眺めていても同じことだ。思い切って広い道路を渡って、スタンドのドアを引いた。秀麗はゆっくり顔を上げてこちらを見たのに、淡い鳶色の瞳には、まるで表情らしいものが浮かばなかった。

「コーヒー」

　私は一番端の椅子に腰を下ろした。黒革のノースリーブのワンピースを着た彼女はヘッドホンを外して、無言で自分の仕事を終えると、またヘッドホンをかけて日本のファッション雑誌を読み始める。

「ありがとう。君も何か飲まない」私はさり気なく声をかけた。

　黙って俯いたままの彼女に、居たたまれない思いで熱いコーヒーを飲んで煙草を吸った。どうすればいいのだろう。この間スタンドの前を行き過ぎた時も、檳榔の箱を持って出て来た彼女は、はっきり私を見たのに、まったくの無表情で車の客に品物を渡して、何事もなかったようにスタンドへ戻って行き、さっきまでと同じように雑誌のページを捲った。

「秀麗、話を聞いて」私は遠い向こう岸の誰かに叫ぶような気持ちで呼びかける。「秀麗」

彼女は大きな吐息をつくと、ヘッドホンを外して首にかけたまま、煩わしそうにこっちを向いた。

「この間は悪かった。無神経なことを言った。でも、悪気はなかった。君を保護しようとか、そんな思い上がった気持ちじゃなかった。ただ……何て言えばいいのかな……」

「もういい」あっさり彼女は言った。「気にしてないから。私、面倒なの嫌いだから」

私はそれ以上何も言わずに、大人しくコーヒーを飲み、もう一本煙草を吸い、勘定を支払ってスタンドを出た。この間追い払われてからの時間の空白（もう年が改まっていた）のせいで、臆病で疑い深くなっている私の頭は、言われたことを慎重に吟味したが、だからといってどうしようもなかった。本人が気にしてないと言うのだから、それを信じる外には、声を聴くことも、姿を見ることもできないのだ。私は、発作的にタクシーを走らせ、椰子の木陰からスタンドの様子を窺ったりするよりも、知らない素振りをしてまた会いに来ることを選んだ。何度目かで怖々と朗読の依頼をしてみたら、秀麗は拒まなかったばかりか謝礼も受け取った。ほっとした反面、この先は声を聴くだけで満足しなければいけないのだろうなと考えた。私は掌に載せたシャボン玉を眺めているような気持ちだった。

三週間後のある午後、彼女はまたどこか苛々していた。言葉には意地の悪い刺があり、気分が乗らないからと朗読を拒んだ。中正国際空港からの帰りのバスの中で、どこで地雷を踏んだのかと考えていたら携帯電話の着信音が鳴った。驚いたことに秀麗からのメールだった。「温kasouna　雨ga　降tteru」。戸惑った。私達は携帯電話のメールで時候の挨拶する関係ではなかった。漢字とアルファベットの組み合わせが意味することは分かっても、言葉の奥にあるものが摑めない。眼を上げると、窓の向こうでは、明るい灰色の街の、ビルや道路に大粒の雨が当たって弾け、車のタイヤが水飛沫を上げている。四角い水槽のような硝子張りのスタンドの中で、私と同じように雨の街を眺めている、怠そうな秀麗の姿が思い浮かんだ。二人で同じ雨を見ていると思うと、見慣れた風景に鉤括弧がついて、隅々までが瑞々しい何かで満たされていく。雨の一粒一粒、濡れそぼった樹木、道路の白線までが、特別なものになる。

彼女のやり方に倣って返信のメールを送る。「今busno中　此處demo　雨ga見eru温shower　no様」。しばらくしてまた着信があった。「死nu程美味si・i物ga食betai」。信じられなかった。食事の誘いだ。朗読を拒んだことの、彼女なりの詫のつもりなのだろうか。待ち合わせの時間と場所を打ち合わせていたら、メールを使いこなす老人が珍しいのか、隣に坐っている引き伸ばされたように座高の高い若者がディスプレーを覗き込んで来た。彼は漢字やアルファベットを読めても日本語が分からないだろう。私はわざとゆっくりキーを打つ。

夜には雨もすっかり上がった。私は彼女の望みを叶えてやれそうな場所に思いを巡らせて、フランス料理を食べさせる珍しい屋台へ連れて行った。タクシーを降りた大通りの公園沿いの一角には、いつものように客が群れていて、煩わしいぐらい陽気な北京語や閩南語が飛び交っている。秀麗はやはり機嫌が良くなかった。何を話しかけてもほとんど返事をせずに、水でも飲むようにワインを飲み、ひっきりなしに煙草を吸って、物珍しそうな視線に晒されていた。台湾ではあまり若い女性が人前で酒や煙草を嗜むことはない。何か事情のありそうな飲み方に、私の方は控え目にしていたら、一人でワインを一本空にして、少し酔った口調で、

「私、劉さんの娘とか孫とかに似てるの」と訊く。

「どうして」それは意外な質問だった。

「何か事情があって会えないから、私に会いに来るのかなと思って」

隣にいた中年の男が連れの女性に、ほら、日本人だよ、と囁くのが聞こえる。

「……ああ」私の口からは思ってもみない言葉が出た。「僕には秀麗と同じぐらいの娘がいたんだけど、病気で死んだ。君と会って、彼女のことを思い出した」

「名前は」

「淑真」

秀麗が小さく頷いて沈黙したのを見て、私はふっと肩の力が抜けた。煙草に火を点けた。

「死ぬってどんな感じなのかな」彼女は質問というよりも独り言を呟くように言った。

「人間はみんな一枚の白い地図を持ってる。そこへ自分で体験した出来事を描き込む。昔は歳を取れ

ば、白い部分が埋まると思ってた。確かに埋まってはいくんだ。でも、なかなか埋まらないところもあるし、白い部分が増えることもある。僕の地図の白いままの部分は、若い娘の気持ちと、死ぬってこと」

「要するに、死んでみないと分からないってことでしょ」

「でも、君よりはリアルに想像できる。恐らく眠るみたいなもんだと思うよ」

「じゃ、いつかまた眼が醒めるわけか……それも嫌」

「人生が望むものでなかった時にはどうするか。一つは我慢する。もう一つは望むものに近づける努力をする。うまくいくとは限らない。でも、我慢するのが嫌ならやるしかない。子供が気に入らない玩具を捨てるみたいに、ぽんと捨てるわけにいかない」

「少年課の親父みたいな話やめてよ。自分はうまくやれたわけ」

「何度も挫折してる。でも僕の背中には、駱駝みたいな瘤があって、エネルギーが蓄えられてる。だめになりそうでも、また復活する」

「私には、そんな便利な瘤なんかないよ」

「あるよ。この島で生まれた人間にはみんなある」

隣の中年の男が、グラスを挙げて、「カンパイ」と日本語で秀麗に微笑みかける。彼女は聞こえない振りをして、黙ってワインを口に含んでいたが、やがて白い喉を上下させた。「死ぬって淋しいんだろうね」

「生きてるのも淋しいさ。だから人間は言葉を持ったんだ。……秀麗、俳句、知ってる」

「ハイク。……五七五の」

「そう。やってみない。僕はね、俳句の雑誌出してるんだ。そんなに難しくないよ。五七五のリズムが身につけば、呼吸するみたいに作れる。…そうだ、携帯持ってるでしょ」

試しに、後でメインディッシュの味を俳句にしてメールしてみて、と言ったが、今夜はそんな気にならない、と首を振る。やがて仔鳩の蒸し焼きが出て来ると、脂の乗った柔らかい肉を不味そうに口へ押し込んだ。私は地雷を踏まないように注意しながら、彼女の気持ちを引き立ててやろうとしたが、言葉が素通りしていくばかりだった。ずっとそんな調子でデザートになった。彼女はふるふる揺れるマンゴープリンをスプーンで掬い、何度か口へ運んでから、

「欲しい物があるの」と言った。

「何」

「腎臓」

私はメニューを見た。この屋台にそんな料理を置いていただろうか。

「違う。劉さんの腎臓」

秀麗はバッグか指輪でも強請《ねだ》るような言い方で繰り返す。私は言葉が出なかった。

「私の腎臓、もう寿命なの。このままだと人工透析になって、そのうち死ぬの。だから誰かの腎臓が欲しいの。手術のお金も」

深刻さを感じさせない軽い調子だった。車のキャブレターが古くなったから、取り替えなければ廃車になってしまうと聞こえた。

「手術の費用は、いくら」

彼女が応えたのは、私の年収よりもやや少ない額だった。貯えから出せないことはなかったが、突然のことなのですぐには返事ができない。

「ちょっと待ってて」

私は煙草を消すと、立ち上がって屋台から少し離れた公園のトイレへ急いだ。秀麗と過ごす時間を中断するのが惜しくて、もう少しもう少しと先延ばしをしているうちに限界がきていた。大通りの角を曲がると、壊れた水道のように尿が漏れ出して、トイレが見えた時には、下着からズボンにまで滲みていた。濡れた下着を捨てて、ズボンを濡らした尿をハンカチで吸い取ったが、全部は乾かない。冷たい染みのついたズボンをコートで隠して屋台へ戻った。待っていた秀麗に、さっきの話は考えて返事をする、タクシーで帰りなさいと紙幣を出すと、彼女はそれを受け取らずにMRT（地下鉄）の入り口の方へ歩いて行った。毒々しいほど赤いネオンを浴びて、意外にしっかりした足取りで遠ざかるその姿を眼で追いながら、私の頭の中では、腎臓が傷んでいるから移植をしないといけない、放って置けば死んでしまう、という言葉がぐるぐる巡って、いつか本当に自分の娘を死なせたことがあったような気になっていた。

娘を死なせたというのはあながち嘘ではない。母はまだ三十歳をいくつか過ぎたばかりで死んだ。一度は恢復して退院した後のことで、何かに騙されたような気がしたのを憶えている。母が療養院から戻って来ると知らされて、私は祖母にそこまでしなくてもいいと言われながら、彼女が寝起きすることになる離れの、壁や天井の黒い煤を払い、うっすら埃の積もった畳を拭き、湿気を吸って重くなった布団を干した。二年振りに家へ帰った母は、自分の家なのに遠慮して、幼い子供が側へ来ると、掌で口を覆って遠ざけた。父が素っ気無い態度で妹を膝の上に置いてやったら、小さく頷きながら涙を流した。

しばらくは平穏な日が続いた。父は州庁で本島人として異例の出世をしたので機嫌が良かった。総督府へ出張することになった時には、両親を台北見物に呼び寄せた。祖父はまったく国語が使えず、祖母も挨拶ぐらいしか話せないし、初めての鉄道の長旅だったから、私が通訳として同行した。まだ恢復期にあった母は、幼い子供達と留守番をすることになった。旅に出ると、バスや列車の切符を買うのも、行き先をしるした表示を見るのもすべてが国語だ。台北は閩南語の土地柄だから、昼食に入った食堂でも、荷物を預けに寄った旅館でも、祖父母の客家語は使い物にならない。ようやく総督府の父の元へ辿り着くと、祖父は、言葉は鋤や鍬と同じだ、よく耕せるのを選べばいいと溜め息をついた。私は祖父母を助けたことで父に誉められ、見たこともないほど大きな総督府を眺めて、いつかこういうところで働けるようになりたいと願った。

三カ月ほどで出張から帰った父は、またいつもの、いや、いつも以上の不機嫌な男になっていた。母が身の回りのことをしようとしても寄せつけずに、わざと祖母を呼んで用を足す。私に対しても冷淡で、ふざけて手を使わないで食事をしたら、まるで他人を見るような眼をして、

――犬の仔に行儀を教えてやれ、と母を促した。

そんな日が続いて、私が公学校から帰ると、風呂敷包みを持った母が待っていた。訳も分からないままバスに揺られ、何時間も歩いて着いたところは、初めて訪れる母の生家だった。この家は、私の家とも、山奥の父方の祖父母の家とも違っていた。糞尿と何かが腐った匂いの混じり合った異臭がした。調度品らしい物は、ひび割れた食卓だけで、部屋の隅にある木製の寝台に、歯のない、小さく萎びた老人が寝そべり、長いキセルを咥えて無表情に白い煙を吐いている。そしてどこでも放屁する声の大きな老婆と、手摑みで物を食べるのっそりした右眼のない若者がいた。これが母の両親と弟、私の祖父母と叔父だった。祖父は阿片を吸うようになって働かなくなり、自分の娘を金で手離した。器量がいいので売春窟へ売られるはずだったが、気が利いて頭も良かったから、裕福な家の女中として雇われた。父はそこで母を見初めて、その家が支払った金を肩代わりして結婚したのだ。

まるで異邦の村だった。誰も国語ができない。母の生家には書物どころか暦さえなく、文字と縁のない暮らしをしている。あちこちに伝染病で死んだ豚を焼く煙が黒々と立ち昇り、隣の竹藪には家のない老婆が住みついていた。野犬が餌を奪い合い、裸同然の親子が家々へ薪を届けて歩く。働ける子供は農作業に出ていて、昼間から村にいるのは物乞いに来る瘡蓋《かさぶた》だらけの孤児ぐらいだった。私は一人でビー玉やメンコをして、飽きるとバッタ取りかスッポン釣りに出かけた。

ある午後、家へ水汲みの聾唖《ろうあ》の少女が飛び込んで来た。垢じみた顔を悲しそうに歪め、アー、アーと悲鳴に似た声を上げる。祖母も母もいなかった。祖父は寝台から動く気配がない。戸惑っていたら、奥から出て来た叔父を見て、表へ引っ張って行った。すると道に竹藪の老婆が倒れてもがいていた。ぼろぼろの衣服の裾がはだけて、臀《しり》の辺りに薄汚れた犬が咬みついている。その口からは泡のような唾液が吹き出て、人の血に染まっている。

叔父は遠巻きにしている村人に混じって、首を傾げてそれを見ていたが、薄笑いを浮かべながら家へ入り、両手に薪《まき》を握って戻って来た。後ろから犬に近づいて、獲物の肉を食いちぎろうと振っているその頭を殴った。ギャンと鳴き声が上がった。反射的に飛び退いた犬は、ぶるんぶるんと頭を振り、口から泡を吹いて凶暴に歯を剝き出す。叔父は一方の薪で挑発して、犬が咬みついた途端、もう一方の薪を力任せに叩きつけた。薪は何度も振り下ろされ、頭蓋骨の陥没する鈍い音がし、血とどろどろした何かが飛び散る。吐き気がして、思わず眼を逸らした。犬は崩れ落ちたまま脚を痙攣させて動かなくなった。犬の屍骸は、飢えた者が食うといけないからと、村人が伝染病の豚と一緒に焼いた。それからしばらくして竹藪の老婆は口から泡を吹いて死に、叔父は頼まれて何匹も狂った犬を殺した。私は長く舌を垂らして死んだ血塗れの犬の顔を繰り返し夢に見た。

家にいるのは嫌だった。私は陽の出から暗くなるまで、母や祖母と畑を耕し、作物を行商して歩いた。公学校までは歩いて三時間かかったから、教室に戻りたいという望みは叶わなかった。母は生家で暮らすようになってからも私と話す時は国語を使い、夜には本を読んでくれた。私にはそれが唯一の救いだった。母と私だけの秘密基地を作っていたのだ。叔父は私と母がそうしていると癇癪《かんしゃく》を起こして、いつかの夜は本を取り上げようとした。外へ逃げる私を、狂った犬を殺した時と同じ素早さでねじ伏せる。私は母に本を投げた。母はそれを抱いてうつ伏せになったが、恐ろしく力が強いので適わない。

――やめろー。

私は大声で叫んだ。祖母は煩わしそうにちらっと見ただけで、祖父は置物のように寝台へ横たわって阿片を吸っている。濁った眼をして、叔父は獲物を引き裂いた。私はばらばらになった本（それは志濃先生から借りた黒岩涙香の『噫無情《ああむじょう》』だった）を見ながら、ここは自分のいる場所ではない、と思った。父やきょうだいに会いたいとは思わなかったが、みなのいる場所が無性に恋しかった。

毎年配られる皇大神宮の大麻を家に祀ってあるかどうか、警察が抜き打ちで調べに来ることがあった。近所から回って来たと報らせがあると、祖母はしまっておいた大麻を馬祖の上の壁に張った。その時は祖父も寝台から起き上がって、畑仕事の振りをして外へ出て行く。たまたま家にいた私が、内地人の警官に話しかけられて、普通に応答をしたら、国語が上手だが、本当にこの家の子供か、と訊かれた。私はこの家の子供になる気はなかった。なぜ自分達だけがこんなところにいるのかという質問に、きっとお父さんは迎えに来てくれる、と母は応えた。それから何か月か経って、本当に父が訪ねて来た。

——用意しろ。帰るぞ、と言われた時には、私は思わず涙を流した。

ところが一緒だと思っていた母は残すと言う。どうすればいいのか分からなくなった。志濃先生や友達のいる場所へ戻っても、母がいないのでは嬉しさも半減だ。そのうちに、一度捨てておいてそんな身勝手なことがあるかと、怒りが込み上げて来た。何を言われても返事をせずにいたら、父は黙って一人で帰って行った。私を哀れそうに見ていた母は、翌年になって結核を再発させた。ある日畑で血を吐いたのを見て、バスに乗る金もなかった私は、一昼夜歩いて父に窮状を訴えに行った。母はまた療養院へ戻り、私は凶暴な叔父のいる文字のない家から、父ときょうだいのいる「国語の家」へ戻った。

国語の世界に復帰した私を、志濃先生も、友達も、俳句結社の同人も、みなが快く歓迎してくれた。でも、私の中ではそれまでと何かが違っていた。久し振りの句会で志濃先生が愉しそうにしているのを見て不快になった。彼女は特に主宰の柴田やその家族と親密で、内気な良悟が打ち解けた調子で話している。この風景から自分を引き算してみて、恐らく私のいない間もこんなふうだったのだと思ったら、良悟への嫉妬が生まれた。母の生家での暮らしが蘇って、自分がどちらにも属していないのを感じた。説明のつかない苛々した気持ちになった。

三時のお茶の時間に、二人で双六《すごろく》をしていたら、良悟が先に上がりそうになった。私は詰まらないずるをした。いつもなら笑っている彼が見逃さずに元に戻せと言い募る。怒らせたくなって、僕の出した句が褒められて、志濃先生に良い所が見せられなかったから、そんなことを言うのだろう、と挑発した。すると良悟は見たこともない激しい表情になって私の腕を捻上げた。

——チャンコロ。

その言葉は知らなくても、言い方や響きから侮蔑であることを直感した。家へ帰って父にそのことを言ったら、一瞬険しい顔つきになった後、すぐにふんと笑って、

——ケダモノのくせに、と言った。

——ケダモノ。

——そうだ。勝手に人の家へ上がり込んで、鍋釜に鼻先突っ込んで食い散らかす輩。畜生の類だよ。

私は父からチャンコロの意味を聞いて、日本人としての自分が失われ、日本と台湾に引き裂かれていくような感じがした。私を日本人と認めていない良悟を激しく憎んだ。次の句会でみなが庭に出ている時に、こっそり母屋の風呂場へ忍んで、水の張ってある湯船へ脱糞した。それからは句会へ行か

なくなり、公学校は四年生からやり直すことになって担任が代わったので、志濃先生の部屋を訪ねるのも止めた。彼女は翌年台北の公学校へ転任して行った。私は毎週バスと列車で母の療養院へ見舞に行った。そうしないと自分を維持することができなかった。父に捨てられたという蟠《わだかま》りも苦しい傷として心に残っている。母だけが無条件に私を受け入れてくれた。その死は、私から父を許す機会を永く奪うのと同時に、私のいる場所をも奪った。八月の暑い盛りに、体力の衰えていた母は、太陽の酷熱が堪えかねたように息を引き取った。

翌々年、父の意向で強制的に中学を受験させられて、ほとんど本島人のいない学校へ通うことになった。入学式から間もないころ授業を終えて校門を出たら、後ろから誰かが鞄を取り上げて逃げて行く。追いかけると、神社の境内に出た。数人の制服を着た上級生が待っていて、相撲を取ろうと迫る。彼等は入れ替わり私を投げ飛ばして、腹や背中の上へ飛び乗った。延々と続いた相撲は、誰かの革靴に反吐を吐きかけてやったことで終わった。ひどい姿で帰った私に、

——誰にやられた、と父は訊いた。

——転んだ、と私は応えた。

その夜は血尿が出て発熱し、全身の痛みと怠さで眠れなかった。翌日はわざと両手両足に包帯を巻いて、即席の松葉杖を突いて登校した。私は一つの呪文を持った。公学校の時に観たニュース映画で、銃を構えた兵士が標的を狙い定めて、指揮官の「テーッ」という号令でいっせいに銃声を轟かせ

る光景があった。私は嫌な上級生を見かけたら、山の中で「テーッ」と呟いて、血を流して倒れる姿を想像した。昼休みには、校庭のユーカリの樹の下で本を読み、放課後になると、学校の裏山へ登って樹の幹に切り出しを投げつけ、一人だけの軍事教練を行なった。

ある午後の授業中に、この山の上空へ轟音を響かせて戦闘機が現れた。窓から顔を出すと、すぐ後ろからもう一機が追って来る。二機は蜂のように飛び交いながら機銃を撃ち合い、一機が黒い煙を上げて墜落した。私は他の生徒や教師と一緒に、「万歳、万歳」と叫んだが、見つかったのは日本の戦闘機の残骸だった。年が明けて毎日のように空襲警報が鳴り響くようになった。そしてその夏、

――今日から日本語を話すな、と父が言った。

台湾は日本ではなくなり、私は日本人ではなくなった。それがどういうことなのか、身の周りで起きた騒動を眺めているうちにだんだん分かってきた。町の大通りのバス停に大きな荷物を抱えている内地人の男がいた。そこへ通りかかった本島人の若者が、「鬼子《グイズ》」と叫んで殴りかかった。男は荷物を振り回しながら逃げ出したが、同じ通りを、傲然と胸を張って、着物姿で小唄を口ずさみながら歩く男もいた。内地人の警官や兵士が襲われ、残務整理に残った柴田の家では、良悟の姉が外出する時に中国服を着せたらしい。彼等が引き揚げる日には、家の外に本島人が群れていて、家族が出た途端にみなが中へ入って使える物を漁ったという。

台湾という船に新しい乗務員が乗り込んで来た。閉鎖されている学校へ行ってみると、校庭のポー

ルから日章旗が外されて、図書室の書架には書籍がない。がらんとした職員室に本島人の教師が数人いて、謄写版を囲んで作業の最中だった。一人が私に気づいて、刷り出したばかりの、近く始まる授業の教材を無造作にくれた。北京語のテキストだ。これが新しい国語なのだ。ざらざらした藁半紙の、漢字ばかりのページを眺めながら、大きな徒労感に襲われた。私が身につけた言葉はもう外国語だった。翌年には台湾行政長官公署によって日本語が禁止された。

呉嘉徳が死んだ。看護婦が朝の検温の時、寝たままなので不審に思って呼びかけると、すでに息がなかった。張秋香から連絡を貰って、鄭と曽に電話をしたら、どちらも、「良い死に方だな」と感じ入っていた。弔問に行く用意をしながら、謝坤成のことを思い出した。謝は明け方近く用便に赴いて、脳溢血を起こしてコンクリートの土間に頭を打ちつけ、意識が戻らないまま三日後に死亡した。私はいつか友人の死に方を比較しながら、自分の臨終を思い描いていた。

呉は体が一回り小さくなって、大きな荷物を下ろしてほっとしたような、すっきりした表情で眠っていた。私は自然に、「御苦労様でした」と頭を下げた。隣で疲れた様子の張秋香が微笑む。

「奥さん、休まないとだめよ。先生の分まで長生きしてくれないと、事務局閉じないといけない」

「大丈夫」と彼女は言った。「私は劉さんより長生きします」

『華麗俳壇』の創刊に関わったのは、私を含めて七人だったから、呉の死で残ったのは五人になった。こうして日本語族の環は少しずつ小さくなっていく。去年の謝坤成の弔いの儀式には私と呉もいた。唱歌の「ふるさと」で遺体を送り出して、遺族と一緒に白く脆い骨を拾った。儀式が終わると創刊からの同人は六人になっていて、斎場へ着くまでみな無言だった。

「謝がね、死んでから、声を出したって言うんだ」

曽が打ち明け話をするように言い出した。看護婦と身内が清拭《せいしき》をしていたら、遺体の口から、〝あ……〟と低い声が洩れたというのだ。謝の妻は空耳かと思ったが、その場にいた者は誰もが聞いていて、生き返ったのかと色めき立った。ところが看護婦が、奥さんが胸を押さえた時に、肺に残っていた空気が押し出されて声帯を震わせたのだ、と教えた。稀にあることらしかった。

「そりゃ溜め息だよ」鄭が曽のグラスに紹興酒を注いだ。「最後の溜め息だ」

「鞴《ふいご》の原理だな」烏龍茶を飲みながら王が言った。「生まれた時体に入ったこの世の風が抜けたんだ」

「死んでから二時間耳が聴こえるらしいから、試したんじゃないか」呉は弱々しく微笑みながら言った。「誰が本当に哀しんでるか」

あのとき彼には、次は自分だという自覚があったのだろうか。呉だけではなく、みなどこかを患っていた。鄭は血圧を下げる薬を服んでいたし、曽は糖尿で眼の手術をし、王は肝臓を傷めて酒を止められている。私は軽い痛風のために雨が降ると節々が疼く。左の膝は正確な降雨計だ。

「椅子取りゲームだよ」と私は言った。「みんなで歩調を合わせて歩いてる。音楽が鳴り止んだら近くの椅子に坐る。坐れた者は生き残る。椅子はだんだん減ってく」

「我々そんな生存競争してないよ」鄭が笑った。

「自分との競争でしょ。生きる気持ち失ったら早いんだ」

「みんなで一つの椅子に坐ればいい」と呉が言った。

曽は顔を顰《しか》めて手を振る。

「俺の椅子はあんたに譲る。もう飽きるほど生きたよ。老いを嫌うのは、若者の傲り。病いを嫌うのは、健者の傲り。死を嫌うのは、生者の傲り。旨い酒飲んで、旨い物食って、後は没関係《メイグァンシー》だ」

没関係——気にするな、関係ないさ——私達台湾人はそう言い合いながら生きて来た。確かに「飽きるほど」さまざまな出来事があったのだった。

光復後のある日、父は庭に大きな穴を掘って、日本語の本を全部持って来いと言った。自分も書斎から運んで来た本や掛け軸や短冊を投げ込み、天麩羅油を振りかけた上に、燐寸を擦って落とした。ぱっと全体に火が点いて、穴からは黒い煙が立ち昇る。灰になって舞い上がる書物の中には、母の読んでくれた絵本もあった。

それからの父は、若いころ日本語に向けた情熱を北京語に注いで、一年もすると読み書きに不自由しなくなった。新しい政府は、日本が残していった財務の記録や土地の登記簿や、台湾という船を動かすための膨大な量の仕様書を翻訳する必要があり、父はその作業に携わって大金を摑んだ。日本語のできる者は多くても、同時に北京語を使える者が少なかったから、率の良い仕事だったようで、中には家を建てた者がいた。父は翻訳の稼ぎを資金に貿易会社を興して、主にバナナと豚を戦後の食料難に喘いでいる日本へ輸出した。家の和室を壊して大陸風の土間や板の間を造り、大陸からやって来た役人や商売人と蟋蟀《こおろぎ》を戦わせる遊びを始めた。

学制の改革で中学が高校になって、私は青野秋夫から劉秋日に戻った。放課後の教室では、本島人の教師が大陸の教師から北京語を学んだ。私達の授業は日本語と客家語を交えて行なわれたが、北京語が話される場面での私は唖だった。だんだん学校が嫌になってきて、父から独立したい気持ちも手伝って働くことにした。言葉が不自由なので、志濃先生から習ったオルガンを活かして、台北の小学校の音楽教師になった。内地人が引き揚げて、教師が不足していたために、高校を卒業していなくても、副校長の前で童謡を弾いただけで採用された。学校の近くに下宿してしばらくしたら、一人の白人が訪ねて来た。教会でオルガンの弾き手を探している、引き受けてくれれば英語を教えると言われて、日曜には教会へ通うことになった。軍隊から神学校へ入った白人の牧師は、英語とコーヒーとジャズを教えてくれた。

翌年の二月の末、長官公署の路上で許可を受けずに煙草を売っていた婦人が、大陸の役人に銃で殴られた。周りにいた本島人が加勢したら中の一人が撃ち殺され、大陸から移住して来た外省人への反発が噴き出て、台北中に広がる暴動が起きた。私には関係のないことだと思っていたが、数日後の夜になって同僚が下宿へ駆け込んで来て、上司が扇動の疑いで逮捕されたことを告げた。次の日の朝、学校には銃を持った兵士の姿があった。放課後になって、学校へ忘れ物を取りに戻って校門を出ると、数人の兵士が私を囲んで、北京語で話しかけてきた。早口でよく聞き取れない。首を振った。ドンと胸を突いて、無遠慮に上着のポケットへ手を突っ込んで来る。反射的に振り払うと、斜向かいに立っていた兵士が銃の台尻を持ち上げた。

眼の前が真っ赤になった。何が起きたのか分からないまま、いつの間にか地面に坐り込んで両手で顔を覆っていた。指の隙間から生温かいぬるぬるした血が溢れ出す。頭の上から言葉が降って来るが、耳に入らない。そのうち兵士が引き上げて恐怖が去ると、激しい痛みに襲われた。血塗れになって自転車で近くの病院へ駆け込んだ。そこの外科医は未熟で、潰れた骨をうまく繋ぎ合わせることができず、私の鼻は少しいびつなまま固定された。

蔣介石の政府は公然と略奪を行なった。広い土地をその値段の一万分の一の、たった一枚の紙幣で買い取り、大きな屋敷へ押し入って、連絡所にするからと年寄りや赤ん坊まで追い立てる。兵士は路上で行き合った市民に銃口を向けて現金を出せと脅し、拒むと犬や猫でも撃つように射殺した。知識人狩りが吹き荒れ、真夜中に警察へ連行されて消息が知れなくなった者や、強盗を装って暗殺された者がいた。台湾人は昨日まで罵っていた日本人を、蔣介石に比べればまだ法治の精神があった、と褒めるようになった。私は首から下を地面へ埋められて、口に食物を詰め込まれている鵞鳥《がちょう》の気分だった。訳の分からない何かが次々に押し込まれるので、どのような形でもいいから、溜まっている物を外へ吐き出したかった。

鬱屈した思いが病を呼び込んだのか、年の暮れに台大医院へ入院した。母の胸を冒したのと同じ災いが脊椎に入り込んだのだ。父に扶養される身の上になった私は、身動きのできない体を持てあまして、病室の窓から見える空に死んだ母を思い浮かべた。この世へ生まれ出た時さかさまになった砂時計の砂は容赦なく流れ落ちていく。私は自分をこんな場所へ追い込んだ何かに抗って、また俳句を作り始めた。数坪の庭を宇宙と見做した正岡子規のように、身の回りの小さな世界を言葉で確かな物に築き上げようとした。日本語なら翔んでいることを意識しないで翔ぶことができる。

よく来てくれる見舞客に、台北で小学校の教師をしている謝坤成がいた。数少ない中学の台湾人の先輩で、文学の新しい消息に通じているから話が合った。入院して半年が過ぎた頃、繰り返し見る夢を打ち明けた。私は零戦を操縦して、太い石柱が林立する、暗い広大な洞窟の中を、たった独り飛んでいる。周りには何もない。遥か彼方までただ石柱が並んでいる。私の乗っている戦闘機は、そのあいだを縫って、ひたすら飛び続ける。なぜ飛んでいるのか、どこへ行き着くのか、分からない。それだけの夢なのに、眼醒めてからも心許ない気分が残る。私は人に飢えていた。私の俳句も誰かに読まれることを求めていた。だがそれは台湾の出版界では望めない。

――また唖になったみたいだよ。

謝はページを繰っていた何年も前の『改造』を閉じて差し出した。

――こういうの作らないか、日本語の雑誌。君の俳句をそこに発表するんだ。

――面白そうだけど、金がない。それに僕の俳句だけじゃ……

――書くのは君だけじゃない。僕も書く。他の者にも呼びかける。それに金はなくても、暇はあるでしょ。ガリ版刷りでやればいい。道具は学校に揃ってる。

俄憶えの北京語ではなく、子供の頃から身についた言葉で表現したいという欲求が高まっていた。私の俳句の師匠・芭蕉は日本語で書いた。弟子の私も日本語で書きたい。すぐに学生や社会人など七、八人の若者が集まった。私は雑誌作りに関わるすべてをこなし、謝が職場でこっそり謄写版刷りにして、見栄えの良いように製本する。俳句、和歌、詩、小説、随筆、批評――日本語の文章なら何でも掲載した。日本人に戻りたいわけではない。雑誌が属しているのは、日本でも、台湾でも、大陸でも、どこでもない、私達自身だ。

政治的な主題を扱うのは避けた。日本領の時代には、多くの台湾の知識人がマルクス主義を信奉して、光復後もその流れが残り、先鋭的な人々は密かな読書会で繋がっていた。ロシアのナロードニキに倣って農村や工場へ入っていく活動家もいる。私も共産思想には心を惹かれたし、志に殉じて国民党に逮捕された闘士には畏敬の念を持った。時代の流れに抵抗しているという点では、私達も同じ立場だ。少しは非合法の活動している快さもある。しかしどうせ捕われるのなら、パンのための闘争よりも文学のための方がいい。最初の雑誌を発行した四年間は、病臥していた時期と重なっている。雑誌がなければ、私はあの季節を生き抜けなかっただろう。

脊椎の病から恢復して、職場へ戻ってしばらくすると雑誌は終わった。寄稿した人々との交流は句会として残り、『華麗俳壇』の創刊へ収斂していった。私達が日本語で雑誌を作ったように、光復後に学んだ北京語で表現しようとする試みもあって、更紙に謄写版刷りの、中国文の小冊子が出た。やがて日本領の時代から活躍していた作家が、本格的な文芸誌を創刊した。台湾の文学は、言葉は中国文に限られていて、日本語の表現はないものとされた。

一九八七年の夏に戒厳令が解除されてからは、「日文」が話題に上るようになったものの、日本領の時代の作家をどう評価するかに関心が集まって、現に産み出されつつある日本語の文学は顧みられなかった。『台北歌壇』を主宰して短歌を作り続けて来た呉建堂が、『台湾万葉集』で日本の文壇から顕彰されたのは例外だった。ある日本人は私達を隠れキリシタンのようだと言った。台湾にいて日本語で書くのは、敢えて誰にも顧みられない領域へ踏み込むことだ。長く続けるためには仲間が必要になる。彼等は日本語への複雑な思いを共有する歴史そのもの、私の言葉を守ってくれる祖国だった。言葉は私達の間で生命を与えられ、その言葉の喜びが生の喜びになる。ようやく私は自分の場所を見つけた。誰も立ち入らせたくなかった。誰かが侵犯しようとしたら死ぬまで戦っただろう。

ところが老いと死は無遠慮に私の場所へ割り込んで来た。謝が死んだ時、『華麗俳壇』では追悼号を企画して皆が句を捧げた。その中の一句。

　　風尽きて頭垂れたり昭和草　　劉秋日

　昭和に入って台湾の山野で生い茂るようになった草を、誰が名づけたのか昭和草と呼んだ。食用になるので日本軍が空中から種子を蒔いたという噂があった。謝は昭和草の句を詠んでいて、私の歳時記に収められた。それを口ずさんで、死というのは少しの間会えなくなるだけなのだと言い聞かせても、侘しさは消えない。死者と新しく出会うためには、少し時間が要る。追悼号の句を得るのは随分と手間だった。親しい者の死ほど悼む句を詠むのは難しいのだ。呉の時も同じだった。

　七十年を超える歳月を生きてきて分かったのは、人の生涯にいくつかの法則があることだ。中でも私を悩ませたのは、不幸が仲間を連れてやって来ることだった。不幸というのは一見別々の姿に見えても、地下茎を持つ植物のように繋がっている。その朝、張秋香から呉嘉徳の追悼号の原稿の督促があった。自分が言うのは気が引ける、と苦笑するので、お役目だから仕方がないでしょ、と電話を切ると、すぐにまた着信音が鳴った。

——ああ……劉さん、と聞き憶えのある北京語の男の声が響いた。出版社の編集者だ。

近くのスターバックスで打ち明けられたのは、資金を拠出してくれる企業が倒産した、パトロンが見つかるまで歳時記の出版を延期する、という話だった。抗議をするには相手の事情が分かり過ぎていた。売れる見込みのない日本語の歳時記を、歴史の記録としての価値を認めて、出版を決断してくれただけでも感謝しなければならない。

執筆から五年後に戒厳令が解除されて日文の出版が認められ、曽の紹介で別の出版社に草稿を送ったことがある。しばらくして出版を引き受けるという返事があり、書店に並ぶ日まで決まっていたのに、不意に動きが止まった。担当重役が急死して方針が変わったというのだ。曽は資金を援助しようと申し出てくれたが、自費出版ではないやり方で刊行したかった。

台湾中の出版社へ原稿を持ち込んで、ようやく試みの意義を認めてくれる相手と出会った。専門書を扱う小さな出版社だ。翌々年になってある日本人の篤志家がパトロンになった。私と同じ世代のコンテナー会社の会長で、台北へ来た時に編集者も同席してホテルで会った。かつて台中の、日本の石油会社に勤めていたこの人物は、台湾での文化事業に意欲を持っていた。

「日本領の時代の、良い歴史を残したいんです。ぜひお仕事を完成して下さい」

私と彼の思惑は微妙にずれていた。だが有り難く好意を受けることにしたのだ。

担当重役の急死、パトロンの倒産と、逃れようのない事情で二度も同じ出来事が繰り返される因縁めいたなりゆきに、体の深いところで重く澱む物が生まれた。編集者の話を聞きながら、豊かな群青の水を湛えた海が思い浮かんだ。その風景に秀麗の姿が重なって、恋しさに胸が焦がれた。会いたい。声が聴きたい。禍福はあざなえる縄の如しという。その時の私には秀麗の存在こそが福だった。近くの銀行で貯えを下ろしてスタンドへ向かった。

「何」

秀麗はカウンターの上へ置いた銀行の封筒を忌まわしそうに見た。

「百五十万元。この間言ってたお金」

入り口で立ったまま応える私に、彼女は眼に見えないほど細い針で、どこかを突かれたような表情になった。

「腎臓もあげる。歳だから随分くたびれてるけど、それでも良かったら」

思い切って言ってしまうと、もう言葉の持ち合わせがないことに気づいた。外へ出て、とにかくスタンドから遠ざかるために歩いた。秀麗は追いかけて来ない。そのままタクシーを拾って、糸の切れた操り人形のように座席へ腰を下ろす。自分のしたことが信じられなかった。だがこれ以外に遣り様がなかったという気もした。

翌日から私は、手帳の予定表に書き込まれた通り、鰻の蒲焼きの製造マニュアルを大陸の言葉に翻訳し、沖縄の老人会を台北の名所へ連れて行った。それまでの生活から、歳時記に手を入れる、秀麗のスタンドを訪ねる、という二つの項目だけが空欄になった。ビデオを一時停止にしたまま他の用事をしているような日が続いた。

旧正月を間近に控えたひどく冷え込む夜、いつものように校内の巡回に出た。生徒のいない教室は、闇の中へ昼間の子供の声を吸い取って沈黙している。懐中電灯の黄色い光に照らし出される、白墨の粉でぼんやりと白い黒板や、乱雑に荷物が押し込まれたロッカーには、幼い生活の痕跡があった。この静けさの中で一服点けるのが密かな愉しみだった。寒さのせいか左膝が痛んだ。机に腰を下ろそうとしたら携帯電話が鳴った。

ディスプレーを見て胸が轟いた。秀麗の名前が輝いている。

——今、学校の門のところに来てるの。ちょっと話がしたいんだけど。仕事だったらいいよ。私は突然の訪問と、どこか怒っているような口調に戸惑いながら、

——分かった、と応えた。今、門を開ける。

教室を出て正門の方へ向かうと、街灯の明かりの輪の中に三人の人物が立っている。一人は、痩せて、小柄な、淋しい面立ちの中年の女で、金色の縁取りがある黒いニットの上着に、脚にぴったりした黒く細いスパッツを穿いていた。もう一人はやはり小柄な、水色のトレーナーとジーンズの若者で、猿のような印象があった。二人に挟まれた秀麗は、不貞腐れた表情で母親と兄だと紹介した。

——一度お会いしたいと思ってました。私は戸惑いを隠して北京語で言った。

——お宅が劉さん。女は怒りと驚きの混じり合った複雑な響きの声を出して、秀麗を振り向く。

――ナッ、中で。軽い吃音の気がある言い方で若者が言った。

私は先に立って部屋の方へ歩いて行った。ドアを開けたら猫が椅子の上で頭を上げ、知らない人物が入って来るのに驚いて床へ飛び降り、激しく身を逆毛立てた。窓を開けてやったら音も立てずに夜の中へ消えた。

――坐って下さい。狭いところですが。

二人は両脇から不機嫌な秀麗を押さえ込むようにソファーへ腰を下ろした。母親の昭儀は踵の細い金色のサンダルをつっかけた脚を組み、無遠慮に部屋を眺め回して、

――この娘、妊娠してるんですよ、と言った。

思わず眼の前に坐っている秀麗を見詰めた。彼女は俯いたまま唇を噛み締めた。私の視線は自然と下にさがって、静かに起伏している腹の辺りで止まる。そんなことは考えもしなかった。私は里へ下りて来た狐のような心境になった。どこかに何かとんでもない罠が潜んでいはしないか。秀麗が上眼使いにこっちを見て、「すぐ帰るから」と呟いた。その瞬間兄の俊傑が眼を釣り上げて歯を食いしばり、憎しみに顔を変形させた、歌麿の役者絵のような表情で妹を睨みつけた。

――ジッ…自分の国の‥言葉で喋れ。若者は顔を真っ赤にして、もどかしそうに北京語で言う。コ、コ、コッ…この爺‥さんも、日本人か。オマッ、おまえ‥が、カッ、庇ってる…

――劉さんは日本人じゃない。それに私は誰も庇ってない。何回言えば分かるの。赤ん坊は、日本

人でも、台湾人でもない。私の子供。

私はようやく彼等がどのようなやりとりの果てにここへやって来たのか分かった。秀麗の青黒くなっている右の眼尻から、その細部までが想像できた。勝ち気な彼女のことだ。そう簡単に言うがままにはならないだろう。

――話がおかしいじゃないの。昭儀が非難がましい口調で言った。おまえは劉って人が父親だって言ったんだよ。この人がそうなんじゃないの。

――お母さんとお兄さんのことは彼女から聞いてます。私はようやくこの間食事に誘われた理由が腑に落ちたものの、態度を決め兼ねながら、他の誰でもない私の名前を出した彼女を救ってやりたい気持ちから言った。

――さあ、もういいでしょ。秀麗が立ち上がった。お母さん、気が済んだでしょ、大事なあの人じゃないことが分かって。隣にいた俊傑が彼女の腕を、小柄な体格に不釣合いな、握力の強そうな大きな手で摑んで、力尽くで坐らせる。

――……お宅、いくつ。昭儀が訊いた。

七十四歳だ、と私は応えた。彼女は明らかに私を蔑んだような表情で、赤ん坊が成人したら九十四、と首を振る。

――彼女が妊娠してるのは、今、聞いたばかりです。二人で話をさせてくれませんか。

——この娘はまだ子供ですよ。一人前なのは体だけ。話なら親の私が聞きます。どうなんですか、この娘はお宅が父親だって言ってますけど、憶えがあるんですか。

——……お茶でも淹れましょう。

私は喉元にナイフを突きつけるような俊傑の眼差しを避けたいのと、考える時間が欲しいのとで席を立った。手すら握ったことがないのだ。しかしそう応えれば、秀麗とは会えなくなるだろう。コーヒーを淹《い》れながら、この部屋に猫と闘魚と私だけの風景と、そこへ秀麗と赤ん坊が加わっている風景を想像してみる。一方は、これまでと同じ今となっては気楽な生活。もう一方は、いつか諦めていたものに囲まれた煩わしさを伴った生活。もっと若ければ慎重に将来の見通しを考えただろう。だがもう先は知れている。秀麗の体のことを考えると、赤ん坊は生まれて来ないかも知れない。私は自分に向けられた質問が、限られた時間の中で、秀麗とどのような関係を結びたいのかであることを理解した。人の生涯は選択の連続だが、その余地がない場合もある。私には秀麗のいない生活の味気なさが耐えられなかった。

テーブルに不揃いなコーヒーカップを置く。ソファーに坐って手を腹の上で組むと、軽く咳払いをした。

——彼女の言う通りです。赤ん坊の父親は私です。ただ、赤ん坊をどうするかは彼女の体のこともあるから相談させて下さい。二人で話をさせて貰えませんか。

俊傑は言葉を嚙み殺したように沈黙して、また顔を赤く充血させた。

——この娘の体がどうかしたの。昭儀が訝しそうに訊く。

——いや、腎臓が悪いわけだから、出産に耐えられるどうか。

昭儀は何か苦い物でも口の中へ突っ込まれたような顔をした。

——この娘はね、そんなこと言って人の気を引くの。腎臓なんて悪いもんですか。

幼い子供が気に入らない時にするようなやり方で、秀麗は顔を背ける。

——何を言ったか知らないけど、この娘はおたくが思ってるような娘じゃありませんよ。昭儀は薄い唇を皮肉に歪めて笑った。今までどれだけ手を焼かせたか……。おたく、それでもいいんですか。

自分が父親だって言うんなら、ちゃんと責任は取って貰いますよ。

それは以前にも同じようなことがあったのではないかと疑わせる言い方だった。しかし秀麗が私のところへ来たという事実が、彼女を疎ましく思うよりも哀れむ気持ちにさせた。

——二人で話をさせてくれませんか。逃げ隠れはしません。彼女と話し合って、お母さんが納得のいく結論を出します。

俊傑がジーンズの後ろのポケットから何かを出した。小さな果物ナイフだ。

——だめ、俊傑。

彼は母親が慌ててナイフを取り上げようとするのを振り払って立ち上がり、刃を上に向けて私の心臓の辺りに狙いを定めた。眼を光らせて、厚い唇を少し開き気味にし、変に引き攣った表情になった。私は自分が落ち着いているのを感じていた。この部屋で起きている出来事の映像を、どこか離れた場所にいてモニターで視ているようだった。俊傑は、自分の腕を突き出して、トレーナーの袖を捲り上げ、押しつけた刃先をゆっくり引いた。血が膨らんで、一筋流れる。

――イッ、好い加減‥な、コッ、コッ、ことは、ユッ、許さない。

母親の昭儀は息子の姿を気味悪そうに見ていた。秀麗の眼差しには悲しみが窺える。

――分かりました。あなたの気持ちはよく分かりました。

俊傑は、込み上げた激情を傍らのロッカーへ向けて、ナイキのスニーカーで力任せに蹴り飛ばし、金属の扉を大きく窪ませて部屋から出て行った。息子の姿を見送った昭儀は大きな溜め息をついて、上眼遣いに私を睨みつける。

――この娘は簡単に言うけど、女手一つで子供育てるって並大抵じゃないの。結局、親兄弟の世話になるの。あの子は、昔から秀麗を可愛がってたから、怒るのも当たり前ですよ。普段は大人しい、優しい子なんです。あなたも知ってるでしょ、××ホテル。あそこのコックなんです。……劉さん、本当におたくを信じていいんですね。念を押されて、私は頷いた。

昭儀は携帯電話の番号のメモを置いて帰って行った。私は秀麗のサンダルのリボンをじっと見つめた。二人だけになると、まともに眼を合わせられなかった。その体がいつにも増して生々しいのだ。

言葉がうまく出て来ない。さっきまでの出来事の余韻が沈黙の隙間を埋めている。外で猫の鳴き声が聞こえた。窓を開けてやると、ふわっと窓枠に飛び上がり、秀麗を見て怯んだ様子もなく部屋へ入って来た。

「おいで」

彼女が手を伸ばすと、尻尾を立てて顔を見上げる。私は猫を抱き上げようとして、自分の手が震えていることに気づいた。煙草に火を点けようとして止めた。眼の前にいるのは妊婦だった。ひどく喉が渇いていた。

「コーヒーを」と言ってから妊婦にはカフェインも良くないことを思い出した。「飲み物買って来る。オレンジジュース。それともお茶」

秀麗は思いついたようにバッグからこの間私が持って行った封筒を取り出した。

「煙草いいよ。私は止めたけど」

「これ、手術に必要なんでしょ」

「だから、あれは嘘」

「君に必要じゃなくても、君の大切な人が必要なんでしょ」

「そんなのいない」

私は彼女の顔へ、微風に吹かれたような、小さな戸惑いが現われたのを見逃さなかった。部屋を出て暗い廊下を歩きながら、この夜の騒動の、もう一人の主人公のことを想像した。彼は自分から遠く離れたところで起きている出来事を全然知らずに、清潔なシーツに包まれて眠っているのかも知れない。嫉妬が湧いて、同時に強く昂ぶった。若い女の裸体が閃いて消える。外の自販機で缶ジュースを買って部屋に戻ったら、秀麗の姿はどこにもなかった。彼女が坐っていたソファーの上には、猫が円くうずくまっている。どうやらこれが今夜の句点のようだ。

翌日になっても秀麗からの連絡はなかった。スタンドへ押しかけるのは気が引けたので、会って話をしようとメールを送った。夜になって待ち合わせた茶館へ行ったら、昨夜のことは忘れて欲しい、劉さんに迷惑はかけない、と言われた。そういうわけにはいかない。私は自分の責任の取り方を明らかにしなければならないのだ。口の重い秀麗から、まず生い立ちや日本での暮らしを聞き出して、これからのことを話し合った。

秀麗の父親は、横浜に事務所を持つ平塚という不動産屋で、日本国内のゴルフ場の開発で事業の基礎を築いた。沖縄と台湾へリゾートホテルを建設する計画に着手して、横浜と台北を往復するうちに、酒場で働いていた李昭儀《りしょうぎ》と親しくなり、西門町にスナックを持たせて台湾の宿舎にした。昭儀の連れ子の俊傑《しゅんけつ》はあまり養父に懐かなかったが、秀麗が生まれると五歳下の妹をペットのように可愛がった。秀麗にとって平塚は、たまに帰って来てたっぷり小遣いを与え、遊園地やデパートへ連れて行ってくれる優しい父親だった。普段の生活では耳から憶えた北京語を使っていた彼女は、父親が来ると日本語で話すように努めて、やがて俊傑が通っていた日本人学校へ入学した。

平塚の二度目の妻が、夫が横浜と台北で二重生活をしていることに気づいたのは、秀麗が四年生の時だった。日本の投機的な経済が破綻して、リゾートホテルの建設が中止されたこともあって、彼は台湾へ来られなくなった。秀麗は母親から手紙を書くように促されて、父親と定期的に音信を交わした。やがて平塚は娘を引き取りたいと言ってきた。先妻との間にできた二人の息子は、どちらも大学を卒業して独立していたし、後妻には子供ができなかった。淋しくなったら帰って来ればいい、と昭儀に諭されて、中学から日本で暮らすことにした。

女子大の在学中からモデルをしていた平塚の妻は、プライドが高く、精神的に脆いところがあって、秀麗と暮らす苦痛から神経を病んだ。夫が出張すると、「臭い、臭い」と風呂場へ引っ張って行ってホースで水をかける。御飯に髪の毛が入っていたから坊主にすると鋏を振り上げる。抵抗する少女に、ここはおまえの家じゃない、台湾へ帰れ、と喚く。中学校では軽薄な少年から、「台湾バナナ」とからかわれた。その場にいたクラスの女生徒は冷ややかに笑った。

台湾では、日本人を妻にするのは経済力がある証で、親を大切にして貰えると鼻が高い。日本人を夫に持てば経済的に安定するし、有力な国の国籍を得られると喜ばれる。日本では誰からも相手にされない男性が、台湾でちやほやされて妾を持つことは珍しくなかった。アメリカンスクールほどではないにしても、日本人学校へ通う子供は一目置かれる。

故郷では周りから羨望されていた生まれ育ちが、日本では侮蔑の理由になるという捩れは、秀麗を深く傷つけた。よく学校を休むようになって家出を繰り返し、平塚は補導された娘を引き取りに警察へ通った。昭儀は何度か日本へ来て、父親の言うことさえ聞いていれば、不自由のない暮らしができるのだ、と娘を宥めた。高校を卒業して何とか大学へ進んだが、三年生の終わり頃、不意に娘が台湾へ戻りたいと言い出した時に、平塚も、妻も、秀麗も、昭儀も、それぞれが疲れ果てて、父親は悲しい眼をしただけで拒まなかった。

台北へ帰ると、母親は日本人の新しい夫と暮らし、兄の俊傑はホテルに就職して家を出ていた。彼女はアパートを借りる費用を作るために檳榔のスタンドで働くことにした。同じ年頃のOLよりも稼げる仕事は他になかったから、俊傑が売り子を辞めさせようとしても取り合わなかった。今も平塚からは電話があるし、小遣いのつもりか郵便で現金を送って来るが、それもみな貯金していた。

売り子をしているもう一つの理由は、スタンドにいる時が一番落ち着くからだった。硝子張りの狭い矩形の箱の中で、原色の挑発的な衣装をまとって客を待つ売り子の娘達は、美しさを競う鑑賞用の熱帯魚だったが、秀麗は安易に近づくことを許さない闘魚だった。

「私は誰にも頼りたくないの」と秀麗は言った。

私は自分がどのように秀麗や赤ん坊のことを考えているのか、地雷を踏まないようにして説明しなければならなかった。

「昨夜、僕は嬉しかった。君が僕のところへ来てくれて」

秀麗の表情が一瞬険しく尖った。私は一晩考え抜いた、彼女が受け入れやすい計画を提案した。

「いつかも言ったように、僕は一人娘を死なせてる。ちょうど君ぐらいだった。その子の子供がいたら、きっと世話すると思う。この先どれだけ時間があるのか分からないけど、赤ん坊の父親……お祖父ちゃん代わりになりたい。

君は、赤ん坊は台湾人でも日本人でもない、君の子供だって言った。僕は感銘を受けた。そうなんだ。何人なんて、どうでもいいことだ。僕は君の考えを支持する。この島で生まれて、育って、生きてる、君自身の子供を育てる手伝いがしたい。僕は連れ合いもいない。誰に気兼ねも要らない」

「だから、私は人に頼りたくないの」

「そうじゃない。僕の方が、君と赤ん坊がどんなふうに生きてくのか、見てたい。落ち葉は地面に落ちて腐るけど、土の養分になって新しい命を芽生えさせる。それが自然のサイクル。僕も自分の年齢に相応しい役割をしたくなった」

秀麗は退屈そうに俯いて、爪先に引っかけたハイヒールをぶらぶら弄ぶ。

「君はお母さんの家を出て、自分の部屋を借りる。場所は、僕の学校の近くがいい。そうすれば朝でも夜でも、何かあった時に、すぐ駆けつけられる」

「そんなお金ない」秀麗は顔を上げて非難するように言った。

「費用は僕が出す。部屋も僕が探す」

「でも、私、劉さんと一緒には暮らせないよ」

私は顔の前で手を振った。そんなことは分かっている。

「だから僕は今のまま。そうでないと、仕事馘になる。ただ、お母さんとお兄さんを納得させるには、そうしないといけない。一緒に暮らして、二人で出産するって言っておくのさ」

秀麗は唇を噛んで眉根に皺を寄せ、何か深く考え込む表情になった。手応えがあった。私は畳みかけた。

「仕事は今のまま。お腹が大きくなって、働くのが大変になったら、生活費は僕が出す。頼るなんて思わなくていい。僕がそうしたいんだから。そうさせて欲しい」

「どうして」

「死んだ娘に何もしてやれなかった。君と赤ん坊を世話することで、気持ちが楽になる。これは僕のためでもあるんだ」

彼女は天井を仰いで大きな溜め息をつくと、考えるのが面倒になってきたと呟いた。

「秀麗、年寄りの智慧を信じなさい。そういうことにしよう。お母さんは君のことが心配だから、結婚のこと、子供の将来のこと、色々言うだろう。でも、それは全部僕に任せて。悪いようにしない」

秀麗が黙認する格好で結論は出た。翌日の午後、李昭儀に電話で内容を伝えた。結婚するかどうかは秀麗の意志に従うしかない、生活の面倒は一切見る、子供が成人するまでは長生きするつもりだと言うと、彼女は私の年齢を引き合いに出して、無分別だ、無責任だと罵ったが、娘が赤ん坊を生むと言い張っているのだから仕方がない、と自分を納得させて、早くスタンドを辞めさせて、生活の苦労だけはさせないで欲しいと言った。電話を切った後は何か大きな仕事をやり終えたような気がした。その日から私には世話をする生き物が増えた。闘魚に猫、そして秀麗と赤ん坊だった。その日から私は煙草を断った。

三月の句会を終えて台北楼の入り口を出たら王子能が追いかけて来た。

「知り合いに小さな出版社やってる男がいて、歳時記に関心持ってるんだよ。一度会ってみない」

「あんまり無理しないで。しばらく頑張り過ぎたから、少し休憩したいと思ってた。ちょうどいい。まあ、何とかなるでしょ」

「分かった……」王は話題を変えて、ふと思いついたような口調で、「先生、この間、中正空港へ行ったかね」と訊いた。

「……いや。どうして」

「ちょっと見かけたって人がいたからね」

彼は通りかかった黄色いタクシーを止めて乗り込み、私の坐る場所を空けてくれたが、寄るところがあると言うと、どこか納得できない表情で帰って行った。スタンドにいるのを見られたのかも知れないと思った。

ＭＲＴの駅へ歩きながら、句会で歳時記の出版が延期になったと告げた時のことを思い起こした。みな落胆したはずなのに、私のことを気遣って、そんな素振りを見せなかった。日本と台湾は共通する季語も多いから、台湾の俳人は日本の歳時記を使ってきたが、台湾にしかない季語、言葉としては同じでも意味の違う季語がある。明治四十三年に小林里平が出版した『臺灣歳時記』は、著者も述べているようにまだ試みの段階で、本島の風土をきちんと写し取っているとは言い難い。歳時記は、代表的な季語と例句を収めて、句作の参考にするための、俳人の必携書だ。独自の季語を整理して、台湾の歳時記を完成させるのは、この島で俳句を詠む俳人の熱望の一つだった。

私が編纂の作業に取り組むきっかけは父の死だった。彼は光復後に興した貿易会社を、台北へ社屋を構えるぐらいには成功させた。事業を継がせるつもりでいた長男が、病弱な上に禁じられた日本語で俳句を詠むしか能がないのを見限って、台湾大学を卒業して塵の焼却炉を製造する会社にいた次男へ社長の役割を譲り、遺言書を顧問弁護士に託した。先妻と後妻の五人の子供に、それぞれ一軒の家を建てる程度の遺産を残し、利殖に疎い長男の分は知人の株屋に運用を委ねた。お陰で私は作品を出版する費用に困らなかったし、金利の高い台湾では、今も贅沢さえしなければ生活できるだけの不労所得がある。

これでみなが満足していればいいのに、私より十歳も若い後妻が、先妻の子供が不当に遺産を奪おうとしていると、遺言の執行を停止するように裁判所へ求めた。私は向こうの言い分を聞いて再分配しても良かったが、弟は故人の意志を尊重すると拒んだ。後妻は昼となく夜となく私のところへやって来て、弟を説得するように訴える。金のことで争うのは嫌だったから、何度か話し合いの機会を持っていると、妹が意外なことを言い出した。

——兄さんは後妻とぐるになってる。

頭に十元硬貨ぐらいの禿が二つできて、胃にも同じぐらいの孔が空いた。自分の相続分を放棄して争いから手を引くつもりでいたら、後妻が一人の重役と通じて、弟の代わりに自分の子供を跡に据えようとしていることが分かった。相続の問題は、後妻の株を買い上げて経営に関われないようにし、妙な入れ知恵をした重役を追放するまでに二年近くかかった。

この間に私は三冊目の句集を準備していた。四十歳の誕生日に最初の句集を出してから、二十代から書き溜めて来た文章を三冊の俳論集にまとめて、四十五歳で二冊目を上梓した。その翌年に小学校の教師を辞めて『華麗俳壇』を創刊した。五年ごとに句集を出すつもりで、三冊目は五十歳を目標にしていたのだが、季刊の雑誌を出すのは費用も手間もかかった。日文の出版はまず活字を特注することから始まる。印刷所には日本語のできない従業員が増えて、誤植には気がつかないし、何度も注意すると機嫌を損ねて雑な仕事をする。そうして予定がずれ込んだところへ相続騒ぎが起きて、私は弟妹の家と印刷所を行き来する毎日を送った。人との言い争いが生活になっていた。

二つの厄介が重なったことで、日本語と微妙な関係に陥った。読者が少ないのは構わない。もともと広がりは期待していなかった。日本語に後妻をやり込める力がないのも仕方がない。問題は、誰が主人か、だった。言葉はそれ自身では不完全な存在で、遺伝子が生物を乗り物として生き続けるようなやり方で永らえている。台湾に種子を下された日本語は、私に書くことを求め、奉仕させ、道具として利用しているのではないか。私は今も日本語の被植民者ではないのか。

脊椎の病で入院していた時、母の生家の家族のように、朝から晩まで体を酷使したり、阿片を吸って寝ているだけの生涯を送るのは嫌だと思った。煩わしくても文字を持つ生き方を選びたかった。その文字が日本語でなければならない理由は私が俳人だったからだが、当時は俳句を詠むのも面倒になって、文字を持たない母の生家の生活も良いのではないか、何もかも捨てて山奥で暮らすのも悪くないとさえ思うになっていた。

物置きから現われた父の歳時記の草稿が重みを増してきたのはそんな時だった。七十九歳で病死した父の葬儀を終えて、遺品の整理をしていたら、古い柳ごうりから日本語で書かれた原稿用紙の束が出てきた。変色した埃だらけの紙面には、昭和十八年の日付が入っていて、季語と解説、そして例句がしるしてあった。堂々と胸を張っているような達筆の筆跡は父のものに違いなかった。この草稿を光復後の焚書《ふんしょ》のリストから外した事実は、私に父という人物の再考を迫った。

私は机の抽き出しにしまってあった草稿を、半日かけてじっくり読み返して、改めて父の試みについて考えた。この歳時記には、台湾に固有の季語と、日本語と言葉は同じでも意味の違う季語が選ばれている。後者の季語には、例えば大蒜があって、日本人は臭いというイメージで捉えるが、台湾人は香り高いというイメージを持つ。日本語族の日本語は、内地の言葉を離れて、台湾の土着言語への過程にあるもので、翻訳しないと真の意味は摑めない。このような季語を網羅した歳時記は、日本語を豊かにすると同時に、植民者の言葉を流用して台湾に独自の言葉の世界を築く試みでもある。

この歳時記が、国語として日本語を強制されたことへの、父らしい、体制への巧妙な弁疏《べんそ》を含む応答だとすれば、植民地の現実に屈したはずの人物の中に、抵抗の志が潜んでいたことになる。考え過ぎかも知れなかった。しかしそう解釈できることが私を励ました。一度私と母を捨てた父への憎しみも随分和らいでいた。本当の父が他にいるのではないかという、それなりの根拠を持った疑いも消えて、ほとんど蟠りがなくなっていた。自分の父を憎み続けたい子供はいない。台湾に固有の歳時記を作るというやり方で、植民者の支配から逃れようとした父の像は、彼を時流におもねる情けない男から気骨のある人物に昇格させた。そして父の試みを引き継いで、新しい言葉の空間を作るという思いつきは、日本語に使役されているという無力感から抜け出るきっかけを与えてくれた。

私は滞っていた三冊目の句集を出す作業に復帰して、定例の句会で歳時記を出版したいと打ち明けた。みなが賛成して協力を申し出てくれた。

「先生、やっとその気になったか」と謝坤成は言った。「これは凄いことだよ。あんたにしかできない。我々が生きてたことの記録だよ」

父の始めた試みを私が完結させて、台湾における日本語の歴史に一つの区切りを与えようという取り組みも、もう二十年が過ぎていた。その意義は今も色褪せてはいないはずだった。私は少し疲れていた。王子能に、しばらく頑張り過ぎたから休憩したい、と言ったのはその場の思いつきではなかった。

ＭＲＴを降りて、急な駅の階段を上がって地上へ出ると、眼の前にあるそごうの向かいのベンチに秀麗が坐っていた。約束の時間にはまだ十五分近くある。

「早かったね」

駆け寄った私に、

「今日は暇だから」と彼女は言った。「ビデオ、録っといてくれた」

「大丈夫。ちゃんと録れてた」

彼女の家では受信できない衛星チャンネルで放送された、ロックバンドのコンサートの録画を頼まれていたのだ。

「今日見たいんだけど」

「分かった。あとで届けるよ」

私達はデパートの玄関を潜って、新しいアパートへ取りつけるカーテンを選ぶために、エレベーターで家具売り場へ上がった。

不動産屋を探し回って見つけたのは、オートロック式の１ＤＫのアパートだった。家賃は高くても、私の学校から自転車で数分という利点があり、下見に来た秀麗も気に入ったようだったからすぐに契約した。引っ越しの日の朝、私は独りでアパートへ行って、真新しい家具が配置されただけの、まだ人の住み処らしくない部屋を掃除した。秀麗が選んだ、ソファー、チェスト、コーヒーテーブルは、どれも質素な物だったが、小花模様のピンクのカーテンを吊ると、辺りに若い娘らしい彩りが生まれて、自然と私の気持ちを華やがせた。

午後の一時過ぎに俊傑の運転する軽トラックで三人の家族がやって来た。初めてアパートを訪れた昭儀は、窓を開けたり浴室や台所を覗いたり部屋の品定めをして、冷蔵庫が小さい、食器が少ない、と不満を洩らした。俊傑は黙々といくつかの段ボール箱を運んで、大きなベッドは土台とマットレスを分けて苦力《クーリー》のように担ぎ上げて来る。荷物はほとんどが衣服で、残りはジャズやクラシックや日本のポップスや雑多な趣味のＣＤ、七〇年代のヴォーグのバックナンバー、小さな三面鏡、化粧品、ぬいぐるみだった。クローゼットに衣服を入れて、段ボール箱の中身をチェストへ並べると、夕暮れには主な作業が終わって、俊傑は先に帰ってしまった。私は母娘を高島屋のレストランへ連れて行った。昭儀はそのまま自分の営む酒場へ戻って、私と秀麗はアパートで整理を続けた。

彼女は珍しく良く喋った。横浜アリーナの「あゆ」のコンサートで福岡の中学生と知り合って、新幹線で博多まで行って豚骨ラーメンを食べたことや、高校ではパンクロックのバンドのボーカルとして、自分が作詞した曲を歌っていたことを教えてくれた。秀麗は今でも日本の音楽やファッションが好きだったが、最近の日本贔屓の哈日族《ハーリーズー》は嫌っていた。その気持ちはよく分かる。台湾の高校では日本語が正規の科目に加わり、ＣＤ屋には日本のポップスのＣＤが溢れ、街の美容院は高級感を出すために「日式」を掲げるが、私達は一時の流行で日本とつきあっているわけではない。

「兄貴も日本語喋れるんだよ」と彼女は言った。「でも喋らないの。日本人、嫌いだから」

「俊傑君のお父さんは日本人だね」

「だから兄貴は自分のことも半分嫌ってる。劉さんは自分のこと好きなの」

「好きになる努力をした。この歳で自分と折り合いがつかないのは切ない。秀麗は」

「日本にいる時は嫌いだった。今は普通かな」

一通りの作業を終えると、足りない物をメモにして、明日私が買って来ることになった。アパートを出て自分の部屋に帰ったら、猫が水槽の下に坐って、じっと闘魚を見上げている。私は「こっちの方が美味いよ」と缶詰めのキャットフードを皿に空けた。

翌日の昼前に訪ねた時、秀麗は起き抜けの幼い素顔でドアを開けた。初めてそんな彼女を見た。胸が切なくなった。入るのを躊躇っていたら、私の当惑を察したのか、「早く入ってよ」と母親とよく似た不機嫌な口調で言った。私はコーヒーテーブルの上へ買って来た物を並べて、ブランチのつもりの饅頭を置く。しばらくして浴室から出て来た秀麗は、濃い化粧と肌を剝き出した衣装の、いつもの彼女になっていた。饅頭を見て気分が悪そうな表情になり、「これから仕事だから」と掠れた声を出す。合い鍵を持たない私は帰るしかなかった。アパートを出た彼女は足早にＭＲＴの駅の方へ歩いて行き、私はその後ろ姿を見送りながら、饅頭を噛りつつ自転車をマクドナルドへ走らせた。

　秀麗は毎日昼までアパートで過ごして、午後になるとスタンドへ行った。私は彼女が出勤する前に、その日の食料や日用品を買って届ける。昭儀が娘の独立を認めた条件は、私が生活を保証すること、そしてきちんと籍を入れることだった。しかし秀麗は経済的な援助を受け入れただけで、結婚までするつもりはない。私も彼女の意志を尊重して、アパートでの長居は控えて、朗読を聞くためにスタンドへ通った。そういう中で僅かながら彼女の態度にも変化が現われてきた。気が向くと、「眠・ｉ」だの、「今變ｎａ客ｇａ來ｔａ」だの、他愛のないメールを寄越すようになった。休日は午後からどこかへ出かけて行くが、ある日は遊び相手がいなかったのか、夕食を作るから食べに来ないかと誘った。アパートで一緒に食事をするのは初めてのことだ。昼を抜いて勇んで出かけて行ったら、台所に豚肉や空心菜などの食材が投げ出してあって、青白い顔をした秀麗が坐っている。悪阻《つわり》だ。彼女が台所を使ったのは、私が知っている限りその時だけだった。

翌日から買い物のリストには柑橘類が加えられた。秀麗は苛々するようになって、話しかけても返事らしい返事をせず、スタンドでの朗読も気が乗らないと拒んだ。そのくせ仕事は一日も休まない。出産するまで休業してはどうかとメールを送ってみた。すると「ｏ金貯ｍｅｔｅ　Ｍｅｘｉｃｏ行ｔｅ　小學校作ｒｕ」という返事があった。なぜ小学校なのか、またメキシコなのか、詳しいことは「秘密」らしい。ある夜、俊傑が私の部屋へ来て、いつまで妹をスタンドで働かせておくのか、なぜ一緒に暮らさないのかと詰問した。私は、秀麗が好きでやっているのだから仕方がない、悪阻がひどいので気散じになればいいと思っていると応え、かつて王子能が設計してくれた家の図面を見せて、今土地を探している、家ができれば一緒に暮らすつもりだと説明した。

何か言いたそうな俊傑に、思いついて、よくアパートへ行くのか訊いてみた。時々部屋に彼女の吸わない銘柄の煙草の吸殻や、飲み残しのペットボトルがあって、ずっと気になっていたのだ。私の質問に、兄として様子を見に行っている、と彼は応えた。気を良くした私は、翌日秀麗に何か買いたい物があったら使いなさいと小遣いをやった。数日して洋服を見に行ったついでに買って来たと手提げ袋を渡された。臙脂《えんじ》色のポロシャツにベージュのコットンパンツと白いスニーカーが入っていた。驚いたことにどれもサイズが合っている。

「秀麗、吟行へ行かないか」私は自分でも思いがけないことを言った。「人間は呼吸しないといけない。海はどう。二三日、海辺の町で過ごすのもいいよ」

吟行は、名所を訪ねて句を詠む行事のことで、気分転換にいい、と勧める私に、秀麗はこちらの気持ちを見透かすような眼をして、しばらく何か考えていた。

「……いいけど。二日ぐらいなら休み取れると思う」

そして秀麗の安定期に入った五月の半ば、私達は一泊二日の吟行に出かけた。

「いいじゃん。別人みたい」その朝タクシーで迎えに行った私を見て、彼女は低い笑い声を洩らした。「お金あるんだから、たまには服買いなさいよ」

確かに私は上から下まで真新しかった。自分ではないみたいで、細胞が入れ替わった感じがした。台北の駅から高速バスに乗って、昼前には海辺のホテルへ着いた。部屋は秀麗が最上階のスィートで、私はその階下のシングルだ。秀麗の部屋の広いテラスから見渡せる海は凪いでいた。白い雲を浮かべた空と群青の海が交わる水平線の彼方から、潮の香りが混じった風、ところどころに白い頭を持ち上げた波が静かに寄せている。秀麗は手摺に寄りかかって、長い栗色の髪に風を孕ませながら眼を細めた。

テラスには二つのビーチチェアが並べてあった。私は部屋へ通じる掃き出し窓の上の、がらがらとハンドルを回して伸縮させる庇を出した。薄青い翳の中にビーチチェアを運んで秀麗を坐らせ、自分は陽の溢れた日向へ横になる。この近くには母が娘のころ奉公していた家があった。彼女は暇があると海を見に来た。その後胸の病が悪化して、この土地の療養院へ入った。死んだ年には、何か予感があったのか、何にも残してやれる物がないからと、自分の髪を入れた手作りの巾着をくれて、秋ちゃんがお金持ちになったら、ここにお母さんのお墓を作って、と淋しそうに笑った。私にできたのは海に臨む高台のユーカリの樹の下へ髪を埋めてやることぐらいだった。その昔私が来た頃も、その後毎年墓参りに来た時も、そして今も、この海は同じ色をしている。

「俳句作らないの」後ろから、からかうように秀麗が声をかけた。「吟行なんでしょ」

「作るよ。どっさり作る」

私達は海岸を散策して土産物屋を覗き、テラスでルームサービスの夕食を取り、海に入る大きな落日を眺めた。水平線のこちら側へ夥しいほどの茜色が流れ出して海原を染めている。波が夕陽の色を乗せて大きな潮騒を響かせながら迫って来る。絶景を見ながらも、心の眼はずっと秀麗に注がれていた。昂ぶった気分は夜になっても続いた。お互いの部屋に別れても、上に秀麗がいると思うと眠れなかった。仄かな月明りに照らされたテラスへ出て海を眺めた。どれぐらい時間が経った頃か、頭に冷たい物が滴った。雨かと思って空を仰ぐと、闇の中に秀麗の白い顔が浮かんでいる。

「俳句できたの」声が笑っている。

「できた。眠れないから風に当たってた」

「本、持って来てるでしょ。上がっておいでよ。読んであげる」

意外な提案に息苦しいほどの喜びを憶えて、文庫本を持って秀麗の部屋を訪ねた。彼女は眼が潤んで頬が紅く染まり、テーブルの上に何本かビールの瓶があった。妊婦にアルコールはいけないと言いかけて、少しぐらいなら良いかと思い直して止めた。部屋の灯に照らされたテラスは明るかったが、黄色い光の環の向こうには闇が広がっていて、底の方でくぐもった潮騒が響いている。私は言われるままに二つのビーチチェアを並べて部屋の灯を消した。

秀麗は懐中電灯を片手にページを開いた。眼が懐中電灯の明かりで妖しく光っている。花の匂いがした。あまり馴染みのない匂いだ。新しい香水だろうか。

「こっち見ないの」彼女は私を見咎めた。「いつもみたいに眼を閉じて聴きなさい」

慌てて瞼を下ろした。波音を背景にして朗読が始まる。酔っているせいか、声にはいつもより艶があり、語尾が甘い。舌の上にそうっと言葉を乗せ、優しく外へ送り出す。すると「そして」とか「だから」とか、味気ない接続詞でさえ、みずみずしい色を帯びる。匂いや手触りのある、生々しさをまとう。aを発音する時の伸びやかさは、私をくつろがせる。サ行の、囁くような響きもいい。耳が喜び、体が熱くなる。私は秀麗の声に抱かれて、陶然と身を任せた。

不意に朗読が途絶えた。

「喉が渇いた」

私は冷蔵庫からミネラルウォーターを持って来た。白い喉を見せて、彼女は一息に飲み干す。潮騒が高まっては退いていった。

「劉さん、赤ん坊の父親は気にならないの」

懐中電灯は消えている。彼女の表情はぼんやりとしか窺えない。

「神様だと思ってる」

その場の思いつきではなかった。一九四〇年代の終わり、蔣介石が台湾を占領した時に読んだ魯迅の文章には、「人生で最も苦しいことは、夢から醒めて行くべき道がないことであります」とあった。「もし道が見つからない場合には、私たちに必要なのは夢であるが、それは将来の夢ではなくて、現在の夢なのであります」。あの時この島の多くの人々が夢から醒めた。行くべき道がないことに暗澹として、現在の夢を見つけようとした。秀麗は、この生涯の終わりになって、まだ別の生き方があるかも知れないという、生のわななきを与えてくれた「現在の夢」だった。赤ん坊は、秀麗と私の、私と新しい人生の結び目だった。

冷えた海風が吹いて、潮の匂いが鼻孔に残った。秀麗は何も言わずに懐中電灯を点けて朗読に戻る。私はビーチチェアへ横たわって瞼を閉じた。少し震えた声の響きが闇を満たす。愛らしい声だ。健気な声だ。彼女の小さな唇の動きや、濃い睫で縁取られた眼の表情は、手に取るように分かる。体温と輪郭を持った柔らかなものが、私の中へ立ち現われる。私はそれを、獣が傷を舐めるようなやり方で愛撫してやる。無遠慮に両方の腕を回して力を込めて抱いてやる。この惑星の上に、同じ言葉を話す人間が二人しかいなかったとしたら。それが秀麗と私だったとしたら。それはどんなに幸せなことだろう。

ライチの一番美味しい季節が来た。秀麗は腹の膨らみを薄物で隠せなくなって売り子を休業した。アパートに引き籠もって何もしないのは気が滅入ると言うから、朗読のテープを吹き込む内職を勧めた。三日に一本、一二〇分のテープを仕上げて私が買い上げ、盲人や寝た切りの日本語族のために図書館へ寄付する条件で引き受けさせた。内容は、台湾を含む近世以降の秀句に短い解説をつけた、声による小さな俳諧史だ。俳句はどこで切るかが重要だから、私が側について細かな指示を出してやってみたが、秀麗はいちいち口を出されると煩わしいと嫌がった。それで「菜の花や。月は東に、日は西に。。」「亡き母や。海見るたびに、見るたびに。。」というように、読点で一拍、句点で二拍と間を決めて読むことにした。

この内職のお陰で、毎日秀麗の声を聴くことができるようになった。買い物を届けるだけではなく、録音の時もアパートを訪ねることが許されたのだ。テキストとテープレコーダーを置いていけば勝手にやっておくと言われるかと思ったが、さすがにそんなことはなかった。私は新鮮な果物や野菜を運ぶポーターになり、朗読のディレクターになり、彼女の気が向くと軽く一緒に飲んだ。この頃からなぜか辞書を引きながらスペイン語の本を読むようになった。理由を訊くと、「暇潰し」と応えた。

秀麗の体には母になるためのしるしが現われた。腹が前へ突き出して、胸も一回り大きな紡錘形に成長し、腰から尻にかけてが広く張り、全体に円みを帯びた重い体つきになってきた。自分ではそれが気に入らないらしく、ゆったりした木綿のワンピースやTシャツとオーバーオールを着ていた。溜め息をつきながら、

「退屈」と言うのが口癖になって、時々夜遅くまで外出する。ドアの前で待っていると、何も言わずに中へ入っておもむろに朗読するので、とやかく訊かないことにした。

ある朝、いくらチャイムを鳴らしても返事がなく、管理人に鍵を開けさせたら部屋に姿がなかった。昭儀は、友達の家へ泊まったんだろう、こんなことはしょっちゅうだ、いちいち気にしていたら長生きできない、と言った。夕暮れになってアパートを訪ねたら、秀麗が悪びれもせずに現われた。心配したことを告げると、それは劉さんの勝手でしょ、と非難する。私は彼女の退屈を紛らわせるために、また王子能が設計してくれた家の図面を使った。これは僕が暮らすための家だが、やがて君と子供の物になる、君の好きな家を作ろうと持ちかけた。彼女は関心なさそうにしていたが、そのうち家の雑誌などを買い集めて、ここにテラスを、ここは吹き抜けにして、と熱中し始めた。私は秀麗の気を引くだけではなく、彼女と赤ん坊の将来を真剣に考え始めてもいた。この歳からでも入れる生命保険に加入して、煙草と酒の量を減らし、趣味に合わない仕事も引き受けた。生活の細部に渡って倹約して、できるだけ現金を残すようにした。この島で生き抜くには、不動産よりもどこへでも持ち運べる動産の方が心強かった。

そんなある日のことだ。名古屋から来た中堅の電機メーカーの社員を、台湾のシリコンバレーと呼ばれる工業団地へ案内した。半導体の工場を見学し終わり、喫茶室で煙草を点けて携帯電話の電源を入れたら、けたたましく着信音が鳴った。

——どうして秀麗をちゃんと見ててやらないのよ。

スピーカーが壊れそうな大音量の声は李昭儀だった。もともと台湾人は声が大きいが、それは彼女の表情が眼の前に見えるような、凶々しい感じさえする怒声だ。秀麗が多量の出血をして、切迫流産の疑いで入院することになったのだ。エンジニアを台北のホテルへ送り届けて、病院へ着いた時にはすっかり夜になっていた。玄関を入ると、薄暗いロビーのソファーに坐っていた昭儀が、不機嫌な表情で立ち上がってこっちへ歩いて来た。化粧が剝げているせいで、顔色がくすんで見える彼女は、薄い唇を皮肉に歪めて嘲るように笑った。

——秀麗と私が似てるのは男運がないこと。詰まらない男に引っかかる。

彼女は輸血を受けながら眠っているという。面会ができなかったから私は自分の部屋へ戻った。壁には吟行で撮った潮風に眼を細める秀麗の写真の額が懸けられて、水槽の中には闘魚がゆったりと浮かんでいる。今朝ここを出る時には、こんな風に一日が終わるなんて考えもしなかった。医者の診立ては、出血が多いから赤ん坊が死産する確率は高い、しかしはっきりとしたことはこの数日の様子を見ないと分からない、ということだった。人には、人生が一変する予感に眠りを奪われる夜がある。

ソファーへ横になってみても寝つかれなかった。秀麗に赤ん坊を抱かせてやりたかった。

私はソファーから起き上がって、口の大きな空き瓶を水槽の水で満たした。網で闘魚を掬い取って入れると、ラップで蓋をした上から輪ゴムで止める。円い眼でこっちを見つめている猫に頷き返して部屋を出た。自転車に乗ってトラックやスクーターが疎らに走っている大通りへ出て、交差点で通りかかった一台のタクシーの前へ飛び出した。悲鳴のような急ブレーキの音が響き渡り、窓からまだ若い運転手が顔を突き出して怒鳴った。

――この馬鹿野郎、棺桶に入りたいのか。

――すまないね。人の命が懸かってるんだ。龍潭へやってくれ。釣りは迷惑料に。

自転車を傍らのガジュマルの幹に立てかけて後ろの座席へ乗り込んだ。運転手は数枚の紙幣を訝しそうに摑んで、大きくエンジンを吹かしてUターンした。

深夜の道路を飛ばし続けたタクシーは、黒い帯のような川沿いで止まった。私は闘魚の入った瓶を脇に抱えて、懐中電灯で足下を照らしながら水際へ下りた。水の匂いがして、ひんやりした風が吹き、たぷたぷと揺れる黒い流れが間近に迫った。ラップの蓋を取って瓶を斜めに傾ける。懐中電灯の光の中で闘魚がギラッと体を光らせて暗い川面へ滑り落ち、すぐ流れに紛れて見えなくなった。赤ん坊を失って悲しむ秀麗の姿が思い浮かんで、それが娘を死産した母に重なる。あのころ私は眠る前に母の乳をまさぐって、彼女が涙と共に搾って捨てていた母乳を飲んだ。赤ん坊にこの世の空気を吸わせてやってくれ。私は懐中電灯の明かりに照らされた暗い水の流れを見詰めていた。

恩を重んじる闘魚のお陰で赤ん坊の命は救われた。秀麗は暑熱が肌にまとわりついて胸苦しいほどの七月の午後に退院した。産院からの帰り道、久し振りに外で食事をしたいというので高島屋のレストランへ行った。シーザーサラダしか食べなかったが、賑やかなデパートを歩いて満足したようだった。その夕暮れ、アパートのソファーへ脚を伸ばして、冷えたライチのジュースを飲んでいた彼女は、因数分解でもしているような難しい顔で腹を押さえた。痛みではない。赤ん坊が動いたのだ。両手を腹の膨らみに添えて、手足を伸ばす赤ん坊を見詰めている横顔の、悪阻で窶《やつ》れて頬が窪みがちだったが、どこか満たされた母親らしい表情に、私は自分が愛撫されているような気持ちになって、つい触ってみてもいいかと訊いていた。秀麗は色素の薄い鳶《とび》色の瞳を、キョロッと動かしてこちらを見た。一瞬地雷を踏んだかと思ったが、あっさり、

「いいよ」と両手を体の脇に置く。

私は円く突き出た下腹に恐る恐る手を伸ばす。それは意外なほど硬かった。掌に伝わる反発する感じに驚いた。そしてまったく動かない。

「固まっちゃったね。嫌われたんじゃないの」

「緊張してるんだよ。僕と同じだ」私は彼女の下腹から手を外して立ち上がった。

その日からまた秀麗と赤ん坊と私の変則的な共同生活が戻ってきた。私は仕事を終えると、手近な店で夕食を取って朗読の録音に訪れた。毎日三十度を超える気温が続いて、土地全体が発熱して吐息をついているような熱風が吹く。デパートやCD屋や洋服屋を渉猟している秀麗は、アパートにいないことがあり、私はオーブンの中のチキンのような心境で、汗を流しながら待った。そんな時は若い頃と違って体の奥深くまでが暑さに侵されて、夜になっても熱が抜け切らない。翌日は一日中ひどい怠さに苦しんだ。何度かそんなことがあって、秀麗はアパートの前で行き倒れになられても困るからと、部屋の合い鍵をくれた。私は小躍りしたい衝動を抑えて、銀色のピカピカ光り輝くものを握りしめた。

それからは主人のいない部屋へ入る権利を大いに行使した。秀麗が帰って来るまで、ソファーに寝転んで水分を補給しながら、NHKの相撲や北京語の字幕が入った日本のバラエティー番組を愉しむのだ。その夜も何度かチャイムを押したのに返事がなかったから、鍵を開けてエアコンとTVのスイッチを入れた。昼間の疲れが残っていたのか、猛烈な眠気に襲われて転寝《うたたね》をした。真夜中の三時過ぎにソファーで眼が醒めた。ここで夜を明かすのは気が引けた。一度自分の部屋へ帰って、朝になるのを待って秀麗の携帯電話を鳴らしてみた。電源が入っていないのかまったく繋がらない。また外泊だ。

夜になってアパートへ寄った。部屋には帰った様子がなく、静かな闇に迎えられた。携帯電話も繋がらない。昭儀に連絡を取ろうかと迷っていたら、メールの着信音が鳴った。秀麗だ。ほっとして開いてみると、「神様no所e行ku」。ほとんど反射的に彼女の携帯電話の短縮ボタンを押した。繋がらない。メールを送った。返事がない。念のためにクローゼットを開けてみた。中の洋服が随分少なくなっている。しかしそんなことが起きるはずはないのだ。どこにもそんな兆候はなかった。

昭儀に電話をして、秀麗が昨夜から帰らないことを告げ、どこにいるか心当たりはないか訊いた。どうせまた友達のところだろう、と呑気なことを言うので、腹が立ってその友達の連絡先を教えるように迫った。私の様子がいつもと違ったので、何かあったのかと声の調子を変えた。メールの内容を伝えた。すると、それではもう帰って来ないだろう、と溜め息をついた。

——なぜ。何か心当たりがあるんですか。

——だって、神様だか何だかのところへ行くって言ったんでしょ。男の所だわよ。言い出したら聞かないんだから、行ったら帰って来ないわよ。

——心配じゃないんですか、娘さんがいなくなって。私は昭儀が行方を知っているのではないかと疑っていた。

——心配よ。こっちだってショックだわ。やっと落ち着いてくれると思ったのに。……俊傑なら何か知ってるかも知れないね。

彼は私からの電話で、油染みたコックの制服のままアパートへ現われた。彼女が親しくしている友達の連絡先を訊いたが、分からないと応えた。

――あんた、シュッ、秀麗を、追い出したんじゃないのか。

私は携帯電話のメールを見せた。彼はディスプレーを覗き込んで、

――カッ、カミサマって、誰、と「神様」を癖のない日本語で読み上げた。

「知りたいのは僕の方だ。何か知ってるんだったら教えてくれ。秀麗に関係のあることは、僕にも知る権利がある」

遣り場のない怒りが私を底意地の悪い男にして、わざと日本語で話をさせた。

「秀麗にはつきあってた男がいたのか」

――赤ん坊は、ア、んたの子供じゃッ、ないのか。

「僕の子供だ」

――シッ、秀麗が、ダレッとつきあってたか、ソッ、それは知らない。

「本当に知らないのか、言いたくないのか、どっちだ」

俊傑は私に詰め寄られて憮然とした表情で睨み返した。

「連絡が取れるんなら伝えてくれ。帰って来るなら、今度のことは咎めない。僕はずっと待ってる。帰って来るまで、ここで待ってる」

彼の眼に宿っていた敵意が嘲りに変わる。

「最初から無理だったんだ。歳が違い過ぎる」俊傑は滞ることのない滑らかな日本語で言い放って部

屋を出て行った。

私は仕事の予定を振り替えて心当たりに連絡を取った。スタンドの経営者は、彼女は出産のための休暇に入ってから、一度も事務所へ来ていないと言った。もしかしたらと疑っていた日本の島野は、秀麗のことを憶えておらず、その答えが作ったものではないことを感じさせる応対をした。待つしかなかった。

夜になっていた。何か賑やかな馬鹿馬鹿しいものが欲しくてTVを点けた。夕食を食べていないことに気づいたが、ほとんど食欲がなかった。水道の水を一杯飲んでソファーへ戻った。いつの間にかうとうとして、起きたら薄明りが差していた。頭の奥が痺れて、ひどく怠かった。全身の細胞のスイッチが「切」になったようで、学校へ電話をするのも面倒だった。猛烈な眠気がやって来た。少し眠ってから連絡すればいいと思った。

次に起きると、同じような薄明りが射していた。時計は夕暮れを示していた。体が熱っぽく、何かに上から押さえつけられているようで、立ち上がるのも辛かった。水を飲んだ。トイレへ行った。ソファーへ横になった。眼を開けたら暗くなっていた。体が人形の空洞になっていて、中へ鉛を流し込まれたようだった。仕事の段取りをしなければいけない。這って携帯電話を探した。電池切れだ。そのまま床へ寝転がった。

ひたすら眠り続けた。朝なのか夜なのか分からなくなっていた。口の中が砂を噛んだようだった。

独り暮しの年寄りが死んで何日も経ってから見つかったというニュースが思い浮かぶ。彼等はこんなふうにして果てていったのだろうか。

死にたいとは思わなかった。ただ怠かった。眠りたかった。熱い頬にひんやりした床の感触が快かった。もう少しこうして休んでいたかった。

私はまた眼を閉じた。


誰かが私の名前を呼んでいる。聞き憶えのある声だ。思い出そうとして面倒になって止めた。劉さん。劉さん。その声は執拗に名前を呼び続ける。眠り足りないのだ。静かにしてくれ。劉さん。しっかりして。声は私を呼ぶだけでなく、ぴしゃぴしゃと頬を打った。劉さん。先生。秋日さん。とうとう重い瞼を持ち上げた。夢ではなかった。眼の前の、眩しい光の中に、見憶えのある顔があった。張秋香だ。なぜここにいるのだろう。

「先生、分かる。私が分かる」彼女は私の眼を覗き込みながら訊く。

「張さん。何してるの」私の声は自分でも驚くほど張りがなく掠れていた。

「自分の名前言ってみて。歳も」

彼女の後ろで、小太りの中年の男が迷惑そうに様子を窺っている。アパートの管理人だ。「名前は劉秋日。歳は五十過ぎてから数えてない。大丈夫。風邪なんだ」

「分かった。手を出してみて」

私は両手を突き出して閉じたり開いたりして見せた。秋香は携帯電話で誰かと連絡を取って、すぐ戻るからと部屋を出て行った。彼女がなぜここにいるのか訊きたかったが、追いかけようにも足に力が入らないので、また眼を閉じた。どれぐらい経ったのか、気がつくと白衣を着た年配の男が立っている。ペンライトで私の眼と口を覗き込み、聴診器を胸に当て、両手で腹を押し、血圧を計り、擦り切れた黒革の鞄から点滴を出した。秋香はそれを傍らのカーテンレールに吊り下げて、伸ばした管の先にある針を、手慣れた仕草で私の腕に入れる。血圧が高いので、しばらく安静にした方がいい、と医者は言った。

「張さん、よくここが分かったね」

近所で買い物をして戻った彼女に、このアパートへ辿り着くまでの経緯を聞いた。『華麗俳壇』の編集の打ち合わせで連絡を取ろうとしても、携帯電話が通じないし、同人の誰も居場所を知らない。学校でも行方が分からずに心配していると言われて、何か手がかりはないかと部屋を探してみたら、アパートの賃貸契約書が出て来た。

「今日は何日かな」

秋香の答えは、秀麗がいなくなって五日目、夜警を無断で休んで四日目を意味していた。アパートの賃貸契約書には、私と秀麗の名前が連名でしるされている。秋香に事情が分かるはずもないが、何かを察しているようで、私がここで寝込んでいた理由は尋ねなかった。点滴がなくなると、腕から針を抜いて容器に管をくるくる巻きつけ、台所から微かに湯気の立つ八寶粥を盆で運んで来た。ソファーへ起き直って匂いを嗅ぐと、口の中に唾液が湧いた。スプーンで掬って啜った途端、温かい物が食道を落ちていくのが分かった。霜を溶かすように腹の全体へ染み渡って、休眠していた臓腑に灯が点った感じだ。驚いたことに私の眼には涙が滲んだ。洟《はな》まで流れ落ちた。秋香は何も言わずにティッシュペーパーを差し出した。私も黙ってそれを受け取った。

「先生、お粥、夕御飯の分も作ったけど、温めてくれる人はいるの」

私は首を振った。夕暮れになってやって来た秋香は、新しい下着と鶏精《ジージン》と『華麗俳壇』のゲラ刷りを持っていた。私に着替と食事をさせ、苦い漢方薬を服ませて、文章やレイアウトの疑問点を相談した。夜には学校へ戻るつもりでいたが、立ち上がろうとするとがくがく膝が震えて崩れる。年寄りの風邪は油断すると命取りになる、と言われて猫の世話を頼んだ。彼女は翌日も来てくれた。携帯電話を借りて旅行代理店と校長に連絡を入れた。代理店の担当者には、ガイドの代わりを探すのが大変だったと嫌味を言われたが、校長は、こちらは気にしなくてもいいから、ゆっくり静養して下さい、と言った。私は一度切れかかった日常との糸を結び直して、少しずつ手繰り寄せていった。

軽い朝食を済ませてTVを視ていたら、流しを片づけた秋香がテーブルに俳句手帳を開いた。拙い筆跡で一つの句がしるされている。

マンゴーの香り残して祖父の墓

「呉の追悼句。孫が書いたの」

「上のお姉ちゃんか」

「そう。このあいだ学校の授業で作ったんですって」

「筋がいいね。呉の血を引いてるだけある。歳時記に採りたいね」

秋香は顔の前で手を振って笑った。

「御世辞は結構」

世辞ではなかった。私が公学校へ入るまでに詠んだ夕日の句よりも、台湾の風土に根差している。

「先生」彼女は真面目な表情で言った。「あの歳時記は墓じゃありませんよ。種ですよ」

「そうだね」

私はトイレへ立った。少し足がふらふらする。しかし独りで歩けるし、血圧もだんだん落ち着いてきている。居間へ戻ると、テーブルにアイスクリームがあった。秋香は追悼号の校閲に熱中している。ソファーへ沈んでスプーンを口に運ぶ。そのうちうとうとまどろんだ。

どれぐらい経った頃だろうか。ドアの鍵が開いたような音で眼が醒めた。秋香がゲラ刷りから顔を上げて、そちらを見ている。肩からエルメスの旅行鞄を提げた若い娘が入って来た。髪を後ろでまとめ、ふわっとした木綿のワンピースを着て、化粧気のない顔にびっしり汗を掻いている。思わず起き直った。胸が轟く。

「このおばさん、誰なの」彼女は鞄を下ろして不機嫌な口調で言った。「何なの、その格好」

秀麗だ。彼女の声だ。ランニングとパンツだけの私は、慌てて立ち上がる。

「この人は僕の雑誌の同人」君がいなくなって、という言葉を呑み込む。「この部屋で待ってたら、風邪で動けなくなって、世話してくれた」

秀麗は煩わしそうにハンカチで汗を拭った。

「じゃ、もういいんでしょ。帰って貰って。劉さんも自分の部屋で寝れば」

花の匂いがした。あのホテルの夜と同じだ。あまりにも秀麗らしい言い方に、驚きも、憤りも失せて、可笑しさが込み上げる。笑い出しそうになるのを堪えた。秋香はゲラ刷りや辞書をバッグへ詰め込んで、そそくさと帰り支度を始めた。玄関へ見送った私に、硬い笑顔で、お大事にと言って出て行った。

「どこへ行ってたの」

秀麗は返事をせずに、冷蔵庫からライチのジュースを出した。向かいのソファーに重そうな体を預けて、後ろへ反り気味になって飲む。

「もう帰って来ないかと思ってたんだ」

旅行に行っていたのだ、と面倒そうに応えた。眠っていないのか眼が充血して隈ができている。木綿のワンピースは皺だらけだ。

「……これから旅行に出る時は、一言断ってくれないか。妊婦なんだ」

「シャワー浴びたいの。帰って」

彼女はジュースの残りを飲み干しながら立ち上がり、怠そうな足取りで浴室へ行く。私はポロシャツとコットンパンツを着た。ここは秀麗の部屋なのだ。この娘が帰るところは他にない。アパートの正面玄関を出たら、日傘を差した秋香が立っていた。

「どうしたの」

「劉さんこそ、どこ行くの」と日傘で翳を作って私の腕を支える。

「自分の部屋へ帰る」

顔にむっとした空気がまとわりついた。体を熱の皮膜が包み、胸が圧迫される。足が萎えそうになる。彼女は大通りに出たところで、私をガードレールに腰かけさせてタクシーを捕まえた。シートに体を投げ出して、冷えた空気を貪るように吸い込む。荒い息が鎮まると、さり気なく聞こえるように言った。

「あのアパート、みんなには内緒にしといて」

秋香は黙って頷いた。

「例会のお題は、どれぐらい来てる」

「先生、句会はまだだめよ。体に堪える」

「いや、行く。風邪ぐらいで休めない」

明後日は定例の句会があった。『華麗俳壇』を創刊して、この三十年は一度も欠席していない。続けることに意味がある――みなにそう言い続けてきたのは私だ。

タクシーが学校の前に着いた。降りようとする秋香を、自分の足があるから大丈夫と押し止めて、短い距離に不満そうな運転手へ紙幣を渡す。

――この人の家へ。

秋香は日傘を差し出した。

「日曜日に返して」

外へ出た途端また息苦しい熱気に包まれた。地球と金星の位置が入れ替わりでもしたような暑さだった。道路には美しい陽炎が立っている。幻の中にいるようだ。タクシーを見送って日傘を開く。背筋を伸ばす。そこから随分遠く感じられる校舎の入り口までの道を、句会に集って来る同人の顔を思い描きながら歩いた。


八月の暑い午後だった。日本人学校の宿直室でパソコンに向かって『華麗俳壇』に掲載するエッ

セーを書いていたら、不意にドアを開ける者があって、見れば昭儀だった。不機嫌そうな表情で、

——劉さん、ここは何、と訊いた。

私は咄嗟《とっさ》に、

——仕事部屋だよ、と応えた。彼女の言いたいことは分かっていた。ここに来たということは、秀麗に訊いて来たということだ。昭儀は不機嫌そうな表情を崩さずに部屋を見回して、

——日本で出産するってどういうこと、と訊いた。

不意打ちだった。私は彼女に背を向けてコーヒーメーカーのところへ歩いた。秀麗は何を言ったのだろう。

——予定日までまだ二カ月近くもあるよ。私は、そんなに店を空けられない。もう、あの子の気紛れには、本当に振り回される。何で日本なの。

それは私が訊きたかった。しかし私は知っている振りを装った。カップにコーヒーを淹れて昭儀に差し出した。

——僕らでうまくやる。あなたに迷惑は掛けない。

彼女は迷惑そうにカップを受け取って、

——お宅、出産も子育ても経験ないじゃないの、と言った。

——何にでも最初はある。

昭儀はその後、くどくどと文句を言い立て、自分の娘の行状を腐して帰って行った。私は自分より若い義母を見送ると、すぐに宿直室を出て、秀麗のマンションへ向かった。彼女は私の顔を見ると、気怠そうによくエアコンの効いた部屋へ招き入れた。

「お母さんが来た」

「そうでしょうね」とソファーへ横になった。TVでは日本のバラエティー番組をやっていた。

「日本で出産するって、どういうこと」

秀麗はTVの方を向いたまま、

「準備はできてるわ」と言った。

「でも、出産までは二カ月もある。暮らすには家が必要だよ」

秀麗は、相変わらずTVの方を向いたまま、

「あるわ」と言った。

「家だけじゃない。水道やガスや電気や……」

私は話しながら気がついた。このあいだ秀麗が神様のところへ行くと言っていたのは、このためだったのか。

「秀麗、その計画には、僕も入ってるのか」

「私独りで日本へ行くって言ったら、兄貴は許さないでしょうね」

「……そうか」

「勘違いしないで。劉さんとは暮らさないから。私の家は準備できてるけど、劉さんは自分でやって」

「いつからだい」

私は慌てていた。もう準備を進めるしかないのだ。彼女は重い腹を抱えて大儀そうに立ち上がると、傍らの化粧台の引き出しから何かを取り出して、こっちを振り向いた。差し出したのは一枚の名刺だった。

「連絡取って」

私は名刺を手に取って眉を顰めた。字が小さくてよく見えない。老眼鏡は持っていなかった。名刺の主はＩＴ関係の会社をやっている秀麗の同級生で、日本にも事務所を持つことになり、東京で小さな出版社を買収して出版する書籍を探していたので、『華麗歳時記』を見せたら興味を示したのだという。それは嬉しいことに違いなかった。

「私の日本での滞在費用は、その印税」

私は秀麗の顔を見つめた。多分かなり呆けた表情をしていたことだろう。彼女の言っていることがよく分からなかった。

「それは出版が決まったっていうことかい」

私はもう一度、名刺を見つめた。

「早く帰って連絡取って」

「分かった。それは分かった。でも、その前に一つ訊かせて欲しい。どうして日本で出産するの」

秀麗は不思議な物でも見るように私を見て、

「私がそうしたいからよ」と言った。そうして黙ってソファーへ横になってテレビの方を向いた。これ以上の話は続けられない。私は訊きたかったことを呑み込んだ。君の神様は向こうにいるのかい
——名刺をシャツの胸ポケットに入れて外へ出た。

真っ直ぐ自分の部屋へ戻ると、名刺の連絡先へ電話をして、林志明《りんしめい》という青年を呼び出した。彼の話は簡潔で事務的だった。これから日本で仕事をするのに会社の宣伝の一環として『華麗歳時記』を出版することにした、具体的なことは東京の出版社と話して欲しい、と電話番号を教えられた。私は秀麗から言われた通りに動きながら、それをしているのが自分ではないようだった。日本へ行くことも、『華麗歳時記』の出版も、どちらも信じられなかった。

私は日本語族の一人だが、これまで日本を訪ねたことは一度もない。それには躊躇う気持ちが強かった。その辺りの事情を一口で説明するのは難しい。私と日本の関係は入り組み過ぎていて、自分でもよく分からなくなる。それに歳時記の出版は、この二十年程の間ぐずぐずと進まなかった。それが不意に実現すると言われても、なかなか得心がいかなかった。それでも私は一息ついて東京の出版社に電話した。林志明の名前を出して、『華麗歳時記』の著者であることを名乗ると、田坂という年

配らしい男が応対に出て、連絡をお待ちしていました、と丁寧に言った。彼から受けた説明は、すでに出版の期日は決まっていて、それに合わせて来日し、芭蕉の辿った『おくのほそ道』を訪ねて、東京のホテルでマスコミを招いて出版記念会を開くというものだった。私は性質の悪い詐欺にでも遭っているのではないかと疑った。

若い頃から日本へ行くことを夢想する時、いつも身を置いている場所があった。東北だ。芭蕉の『おくのほそ道』の足跡を辿っていたのだ。ずっと芭蕉は、私の行く先を示してくれる北極星だった。芭蕉がいなければ、俳諧の歴史は変わっていただろうし、私の生涯も少なからぬ影響を受けたはずだ。この機会を逸したら、もう日本どころか東北を訪ねることはないだろう。その時、林志明が日本で仕事をするのに会社の宣伝として『華麗歳時記』を出版すると言ったことを思い出した。恐らく私達、日本語族は大陸が日本へ貸し出したパンダの代わりをさせられるのだ。それには抵抗があった。私は曽世昌のような親日を表札に掲げた反大陸派ではない。

頭の中で様々な思いが去来しているうちに、詳しい旅程はファックスするので、と言われた。はあ、と私は曖昧な返事をして電話を切り、傍らのソファーにどさっと坐り込んだ。たった十数分の電話だったが、色々なことがあり過ぎて疲れていた。しばらく闘魚の水槽を眺めながらぼうっとしていた。すると電話が鳴ってファックスを受信した。立ち上がって書類を取った。そこには具体的な東北の旅の予定や出版記念会の式次第などがしるされていた。どうやら本当に『華麗歳時記』は出版されるし、私は『おくのほそ道』を旅するのだ。改めて溜め息をついた。

数日後の句会で、この報告をしたところ、結社の主要なメンバーは、『華麗歳時記』の出版を歓んでくれた。それればかりか自分達も一緒に行きたいと言い出した。彼らの日本との関係は、人によってそれぞれ違う。大学教授の王子能や事業家の曽世昌は、学会やビジネスで時々訪日していたし、鄭仙居は、訪日の経験はなかったが、それは機会がなかったせいで、私のように拘りを持っていなかった。ただ、誰もが『おくのほそ道』を辿ったことはなかった。私の旅の目的を知って、彼らはそれなら自分もと思ったようだ。訪日することになったのは、王子能、曽世昌、鄭仙居、張秋香の四人だった。他にも何人かが手を挙げたのだが、結局、日程の調整がつかなかった。東北の旅では、白河の関、松島、平泉を訪ねることになっていて、日本が初めての年寄りばかりでは大変だろうからと、出版社の配慮で橋本という若い編集者が同行してくれることになった。白河の関では、やはり地元の新聞社の取材を受けるようだ。そして、日本語族の『おくのほそ道』紀行は、出版社から出している冊子に掲載される。

しばらくすると、出版社から『華麗歳時記』のゲラが航空便で送られて来た。めまぐるしい進み行きだった。それに眼を通しているうちにふと思いついて、編集者の橋本と連絡を取った。『華麗歳時記』の出版に絡めて、しばらく日本で仕事をしたいのだが、あまり費用を賭けずに東京で滞在するにはどうしたらいいかと相談した。すると、どれくらい滞在するのかにもよるが、一カ月を超えるのならウィークリーマンションがいいのではないかと教えてくれた。そして私の求めに応じて、秀麗の住みかに近い都内のウィークリーマンションを押さえてくれた。これで住みかの確保はできた。夜警を引き受けている日本人学校とガイドの仕事を回してくれる旅行代理店とは、三カ月だけ休みを貰うことで調整がついた。あとは結社のメンバーに、私だけが残る理由を、どう説明するかだが、それはおいおい考えることにした。こうしているうちに九月が来て、私達は台湾を出発することになった。

台湾の夏に固有のスコールが止むと、雲のあいだから青空が覗いていた。私達はそれぞれがキャリーバッグをころころと引きながら台北中正空港の構内を歩いた。旅慣れている曽世昌が先頭に立って、みなを案内してくれた。私は彼の後ろを歩きながら幾重にも屈折した気持ちを抱えていた。『おくのほそ道』を旅するのは嬉しい。しかし日本を訪ねるのには躊躇いもある。だから今まで行かなかった。それに恐らく向こうには秀麗の神様がいる。会ってしまえば神様ではなくなる。こうした思いが今日に到るまで私の中で争っている。どうやって処理したものか分からない。看護婦あがりの張秋香は気を使って、気分がすぐれないのかと声を掛けてくれた。私は、昨夜からちょっと歯が痛むのだと応えた。虫歯は放っておいても治りませんよ、と彼女は言った。否応なしに搭乗の時間は近づいて来て、私達は飛行機に乗り、台湾を飛び立った。

誰もが愉しそうだった。私だけがもだもだしていて、隣に坐った張秋香が、まだ歯が痛むのか、鎮痛剤をあげようか、と言った。私は手元に芭蕉の句集を開いていたが、言葉が頭に入って来なかった。呪文でも唱えるように、一つ一つの句を自分に読み聞かせた。そのうちに飛行機は日本の上空へ来たようで、シートベルトを締めるようにというサインが出た。私は窓の外を見た。眼下にはミニチュアの模型のような工場群らしい眺めがあり、やがて灰色の滑走路が迫って来た。あっけなかった。二時間半は瞬く間だった。私の気持ちはまったく整理がついていなかった。いきなり何者かに拉《らっ》し去られて来たような心境だった。

飛行機を降りると、曽世昌を先頭に到着ゲートを通って、フロアで荷物が出て来るのを待った。空港ロビーに出たところで、「劉秋日様　御一行様」というプラカードを持った引き伸ばしたように背の高い若者の姿が眼についた。紺のスラックスに白いYシャツを着ている。曽世昌がこちらを振り向いて眼で促した。私は頷いて、若者の傍らへ行き、

「橋本さんですか」と声を掛けた。

「あ、劉先生ですか」

「お出迎え、ありがとうございます」

私の後ろに四人が控えて口々に挨拶した。橋本は実直な性格らしく、いちいちそれを受け止めて丁寧に言葉を返した。

「ちょっとお休みになりますか。それともホテルへご案内しましょうか」

「ホテルへ案内してください」

私はすでに疲れていた。静かなところで休みたかった。橋本はプラカードを脇に抱えて、私達を気遣いながらゆっくり歩いた。タクシー乗り場で二台に分乗した。私は曽世昌と一緒だった。彼はタクシーが走り出すと、窓の外を眺めながら、

「先生、来たね」と言った。

「うん」と私は応えた。その時には、それ以上の感慨は湧かなかった。私はシートに凭《もた》れて眼を閉じた。しばらくすると、タクシーは東京駅の近くにあるホテルへ着いた。ここで一泊して、明日は東北へ旅立つのだ。ホテルの玄関をくぐって、ロビーに揃って立っていたら、橋本が、チェックインしましょうか、と声を掛けた。彼は私達が受付のスタッフとやりとりするのを見守っていた。手続きが終わるのを待って、

「明日は九時にお迎えに上がります」と橋本は言った。「お疲れでしょうから、今日はゆっくりお休みください」

彼はお辞儀をしながらホテルを出て行った。

「夕食までは自由行動だ」と曽世昌がみなに言った。「五時にフロントへ集合」

私達は個別に部屋を取っていた。みなでエレベーターに乗って、それぞれの部屋へ別れた。私は部屋のドアを閉めると、キャリーバッグを置いて靴を脱ぎ、ベッドへ倒れ込んだ。猛烈な眠気に襲われ

たのだ。眼を閉じたら、そのまま意識を失った。

気がついたのはチャイムを鳴らす音とノックの音だった。ドアの向こうから、「先生、先生」と張秋香のくぐもった声がした。

どうしたのかと思ってドアを開けたら、心配そうな表情の彼女が立っていた。

「先生、大丈夫なの」張秋香は、私の顔を点検でもするように見つめ、「なかなか下りて来ないから、何かあったのかと思って」と言った。

「今、何時」

「もう五時半」

私は三時間近く眠っていたことになる。

「大丈夫。ちょっと眠ってただけだ」

エレベーターでロビーに降りたら、みなが心配そうにこちらを見ていた。

「昼寝してた」と私は言った。「初めての飛行機で、思ったより疲れたみたいだ」

行先は、曽世昌の馴染みのフレンチレストランだった。受付のスタッフにタクシーを呼んで貰って私達は銀座へ向かった。そこはパリに本店のある老舗のレストランで、彼は日本へ来ると、必ず立ち寄るらしかった。落ち着いた静かな店だった。私達は奥の席へ案内されて、ヴィシソワーズから始まるフルコースの料理を味わった。品のいい、美味しい食事だった。だが、やはり私は心の底からは愉しまなかった。

コーヒーは別の店、と曽世昌は言った。私達はレストランを出ると、すぐ近くにあるデパートの八階にあるカフェへ向かった。そこもすでに予約がしてあった。私達は窓際の席へ案内された。

「ここからは銀座の街がよく見える」と曽世昌は自慢そうに言った。

もう七時に近かったが、外はまだ明るかった。点々と街灯が灯る中、人々が思い思いにそぞろ歩いていた。それは間違いなく日本の街の風景だった。これがかつて私達の主人だった国だ、と思った。日本人に戻りたいわけではない。しかしずっと日本人でいたとすれば、私の人生はもっと単純なものだったろう。日本は私達を、勝手に支配して、勝手に投げ出した。勝手に子供を身籠って、勝手に産んで、勝手に捨てた母親のようなものだ。身勝手が過ぎる——

「先生、どうだね、日本は」曽世昌が訊いた。

「街の様子は、あんまり台北と変わらないね」

「そうか。正確に言うと、台北が日本と変わらないんだ」

ただ、変わっていたのは、周りで聴こえる言葉が、すべて日本語だということだった。しかし彼らは日本語族ではなかった。恐らくは自分が何人なのかを意識しない人々なのだ。そして自然に日本語を話しているのだ。私は不機嫌になった。しばらくしてカフェを出てホテルへ戻った。それぞれの部屋に分かれた後、私はこっそり独りでタクシーに乗った。小一時間も走ったところで降りた。そこはメモにある秀麗の住み家だった。古い木造の二階建てのアパートだ。階段を上がってすぐの部屋のドアをノックした。「景山プロダクション」と小さな表札が掛かっている。現われたのは秀麗だった。私の顔を見ても驚きもせず、玄関に立ったまま、

「何?」と言った。

「部屋を見に来た。入れて貰えないかな」

彼女は返事の代わりにドアを開けたまま体を引いた。そこは人が住みついている痕跡のある部屋だった。左手が台所で、向こうが居間だ。その隣にはまだ部屋があるようで襖が閉まっている。居間には茶色いソファーと低いコーヒーテーブルが置いてあり、その正面にテレビと小さなステレオがある。テーブルの上にはリモコンが二つ並べてあった。どこもきちんと片付いていて清潔だった。もともと秀麗は綺麗好きだ。

「この部屋の主には会えないか」

「今は休んでる」

やはりそうか、と思った。ここには神様がいるのだ。

「……体調は、どう」

「変わらない」

秀麗の表情は、まだ何かあるの、と言っていた。沈黙が訪れた。

「明日から東北へ行く。三泊四日だ」

「そう」

「東京に帰ったら、また来る」

秀麗は関心なさそうに小さく頷いて溜め息をついた。私は一つ咳払いした。

「帰る。体、大事にね。……タクシー、呼んで貰えないかな」

秀麗は黙って電話の子機を差し出した。

「携帯は持ってる。番号は……」
１０４、と彼女は言った。私は言われた通りに掛けた。繋がると、１０４、大沢が承ります、と言われた。
「タクシーを一台」と言うと、タクシー会社でよろしいですか、ご住所は、と訊かれ、私はメモを読み上げた。すると、フリーダイヤルをお伝えします、と電話番号を教えられた。私は慌てて番号をメモした。その間、秀麗は、ずっと退屈そうに自分の指の爪を眺めていた。タクシーを予約して外へ出た途端、後ろですぐドアが閉まった。しばらくすると暗がりの中をタクシーがヘッドライトを光らせてやって来た。

昼寝をしたせいか、なかなか寝つけず、眠ってからも犬の眠りですぐに眠りが途切れ、枕元の時計が五時を指す頃には、すっかり眼が醒めてしまった。することもないので、しばらくベッドで横になっていたが、六時になると、顔を洗って身支度をし、朝食を取ることになっている、階下のレストランへ降りて行った。そこにはすでにYシャツ姿の会社員らしい男達が何人かいて、コーヒーを飲んだり、新聞を読んだりしていた。私もコーヒーを頼んでラックにある新聞を手に取った。当然のことだが、それは日本語の新聞だった。私は改めて自分が日本に来たことを意識した。自分のテーブルに戻って一面からじっくり読み始めた。政治家が失言をして、企業が損益を偽り、子供が虐待されていた。それがこの国の一日の始まりのニュースだった。台湾にいてもNHKのニュースは視聴することができるから、日本で何が起きているか、大抵のことは分かっている。

ただ、台北の小学校の宿直室にあるテレビでニュースを視ているのと、日本で日本語の新聞を読んでいるのとでは、微妙に感じ方が違った。それは、恐らくその出来事が起きているのと同じ場の空気を吸っているからだ。大袈裟な言い方をすれば、私は今、日本の歴史が創られる流れの中にいるのだ。考えてみれば、それは父親が家の庭に穴を掘って、日本語の書物を焼いた時以来のことだった。その頃台湾はまだ日本の歴史の一部だったのだ。

「面白い記事でも載ってるの」肩越しに新聞を覗き込んだのは鄭仙居だった。「何だ、株式市況じゃないか。先生、日本の株、買ってたか」

「鄭さん、眠れなかったか」

「いや、寝たのは寝たけど、旅に出ると、早く眼が醒めるね」

鄭は私の向かいに腰を下ろすと、手を挙げてウエイターを呼んだ。彼は運ばれて来たコーヒーを啜りながら、日本のウエイターは愛想がいいね、と言った。私達は軽い朝食を取って、集合の時間までまだかなり間があったから、一旦部屋へ戻ることにした。私はテレビの民放の朝のニュース番組を視ていた。当然のことながら、出演者はみな流暢な日本語を話していた。それは日本語族とは違う日本語だった。

みなを心配させるといけないので、集合の時間よりも早めにロビーへ降りて行くと、すでに橋本が来ていた。しばらくして張秋香と鄭仙居が姿を現し、曽世昌と王子能が同じエレベーターで降りて来た。曽がチェックアウトして、橋本に導かれて東京駅へ向かった。新幹線のホームから「なすの」に乗った。これから東北へ向かうのだと思うと、だんだん昂揚してきた。私達は窓の外を移る景色に見入って誰もが口数少なかった。やがて列車は福島県に入った。ここはすでに芭蕉の旅したみちのくだった。飛び去ってゆく田畑も人家も、何もかもが意味深い感じがした。二時間もしないうちに新白河の駅に止まり、東北線に乗り換えて白河へ向かった。駅に着くと、改札口の向こうで人待ち顔の、灰色の背広を着た小太りの男性が、こちらを窺っていた。矢沢だった。私と交流のある東北の俳人だ。そちらへ近づくと笑顔になって、

「劉先生」と言った。「『おくのほそ道』へ、ようこそ」

矢沢とは、日本の俳人協会の一行が台湾を訪ねて来た時に知り合った。もう十年近くになる。私が『おくのほそ道』を旅すると知って、白河の関を案内してくれることになった。橋本が名刺を出して挨拶をした。それを受け取って、

「ちょっと早いけど、お昼にしましょう」と彼は言った。「すぐ近くに食堂があるんです」

白河での行程は万事任せてあった。私達は矢沢を先頭にキャリーバッグを引きながら歩いた。普段の日なので余り人はいなかった。数分もしないうちに田中食堂という看板のある小さな店に着いた。まだ十一時過ぎだから客はいなかった。私達がテーブルにつくと、ここは昭和な店で、普通の日本食が食べられます、と矢沢が言った。それぞれが好きな物を注文することにして、私は、鯵の干物と豆腐の味噌汁、白飯がセットになった焼き魚定食を頼んだ。曽世昌には申し訳ないが、どうせ日本へ来たのだから、本当はこういう物が食べたかったのだ。食事を終えると、矢沢が七人乗りのワゴン車を回して来た。白河の関跡までは、ここから三十分程掛かるらしかった。荷台にキャリーバッグを積んで出発した。

「ここも変わりました」と矢沢は言った。「変に都会ぶって、田舎らしさがなくなりました」

「台湾も同じです」私は言った。「田舎らしい田舎がなくなってきました」

駅前を離れてしばらく走ると、やがて人家が途切れて、こんもりとした小さな森のような所が見えて来た。ここが白河の関跡だった。ワゴン車を駐車場に停めたところで、

「え、どこですか」と後ろの席に乗った橋本の声が聴こえた。見ると、携帯電話で話しながら周りを見回していた。「あっ」と言いながらワゴン車を降りて、近づいて来るショルダーバッグを提げた若い女性と言葉を交わした。それは地元紙の記者だった。私達は、この白河の関跡で取材を受けることになっていたのだ。私がワゴン車から降りると、矢沢は、この人が一行の主宰者だと紹介した。記者は名刺を差し出しながら、見学されたら少しお話を聴かせてください、と言った。舟木とあった。

「向こうでお写真、いいですか」彼女が言った。

矢沢は記者と知り合いらしく、何やら話をしながら私達を先導した。着いたのは白河神社の入り口で、両側に狛犬が据えられ、右の狛犬から少し離れた所に白河の関跡という石柱が立っていた。私達はそこに整列させられ、コンパクトカメラで写真を撮られた。日本語族の集合写真だった。

「上へ行きましょう」矢沢がみなに声を掛けた。

両側に木立ちの並ぶ緩やかな石段を昇って行く。恐らく芭蕉も同じ石段を踏んだのだ。その空間が特に濃密に感じられ、空気に重みがあるような気がした。白河の関はみちのくの入り口だ。ここに来て旅心が定まった、と芭蕉も言っている。私は、この俳人の息遣いを聴くような思いでいた。石段を昇り切った所には古びた木造の本殿があった。私達は思い思いに、この場所の空気を味わった。しばらくして、舟木が傍らに来て、お話、いいですか、と言った。私は無言で微笑んだ。

「なぜ、日本語で俳句を詠まれるんですか」

「あなたは、なぜ、日本語で記事を書くんですか」

舟木は微かな風を受けたような表情になり、小首を傾げて、

「日本に生まれたからでしょうか」と応えた。

「私も同じですよ。私は日本人だったんです」

「それは台湾が日本の植民地だったということですか」

「歴史的な事実です」

「でも、もう半世紀以上前に台湾は日本の植民地ではなくなりました。今も日本語を使われているのは、何か別の理由があるのではないかと思ったんですが」

「それは人それぞれです。私は北京語も閩南語も話せますが、子供の頃に憶えた日本語が、一番使い勝手がいい」

舟木は感慨深げに頷いていた。

「他の人にも訊いてみるといいですよ。それぞれ理由が違うから」

それから彼女は同行の人々に一人ずつ話を聴いていた。私は早く取材から解放されたかった。それより少しでもこの土地と交わりたかった。そうしないと句は生まれない。せっかくみちのくに来たのだ。一つでも多くの句が詠みたかった。矢沢はその後、私達を近くの関の森公園へ案内し、芭蕉と曽良の銅像を見せてくれた。そこでもう一度、日本語族の集合写真を撮って取材は終わりだった。私達

はワゴン車に戻って、芭蕉が宿泊したとされる土地・西白河郡矢吹町に向かった。そこに今夜の宿舎になるホテルがあった。

　コンビニで買い物をして、ホテルにチェックインした時には陽が傾き掛けていた。一階のレストランで軽い食事を取った。それから私の部屋に集まって宴会が始まった。みな床に坐って、真ん中に缶ビールやつまみを置いて、それぞれ勝手に手を伸ばした。

「劉先生、芭蕉の姿は捉えられましたか」矢沢が缶ビールを飲みながら言った。

「さすがに白河の関跡で、神社の石段を昇っている時には、息遣いを感じました」

「そうだね」と曽世昌が応じた。「私はしょっちゅう日本に来てるけど、東北はちょっと違う」

「俳句にとって東北は聖地だからね」と王子能が受けた。

「ここで蕉風が花開いたんだ」鄭仙居が言った。張秋香は頷いていた。

「芭蕉は、『おくのほそ道』の旅で、不易流行とかるみを会得したでしょ」と私は言った。「不易流行は、宇宙が変化しながら一貫していることを説いた。かるみは不易流行の上に立って、生死や人の別れから生まれる苦しみも、すべて自然な変化と捉えて、微笑を以って引き受ける生き方を説いた。どちらも普遍性があります。日本人だけでなく、台湾人にもよく理解できる」

「かるみを言葉の軽さだけで捉える向きもありますね」矢沢が言った。

「それだと、単に軽薄なだけになる。かるみはあくまでも不易流行と一体の生き方に昇華させて、その上で言葉に反映させるから、言葉が上滑りしない」私は応えた。

「不易流行とかるみは、世界中どこでも通用する思想だと思うね」王子能が言った。「芭蕉は世界的な詩人だよ」

「そう」私は同意した。「私は、まず、芭蕉をアジアに開いていきたいね」

「劉先生は、すでにそれを実践されてますよね」矢沢が言った。「形式としての俳句は、三行詩の、ローマ字のHAIKUとして世界に広がってます。英語、フランス語、イタリア語、ドイツ語、スペイン語——確か五十か国以上でHAIKUはつくられてます。しかし芭蕉の俳諧の精神はと言えば、どうも心許ない。彼が深遠な思想を開眼した東北の人間としては、不満です」

「東北は、台湾と似てますね」私はHAIKUの事情には詳しくないので少し話を変えた。「どちらも中央から距離があって、辺境扱いされて、都合のいいように利用されて来た」

「そうですね」と矢沢は応じた。「その一つが原発です」

「東北には原発があるんですか」鄭仙居が訊いた。

「福島にあります。その原発の電気のお蔭で、東京は二十四時間、明るい」

「それはひどいね」張秋香が言った。矢沢は頷いて、

「僕は、どうしても必要なら東京に原発を作れって言ってるんです」と言いながら、実は原発級の物を持って来ました、と傍らの手提げ袋から一升瓶を取り出して真ん中に置いた。ハブ酒だった。一升

瓶の中で禍々しいハブがとぐろを巻いている。

「皆さんがいらっしゃるということで、沖縄の俳人が送ってくれました」

　私達が躊躇っていると、矢沢は紙コップに一升瓶から酒を注いで、私に差し出した。好意を受けないわけにいかない。思い切って口に含み、一息に飲み干した。口の中に油のような物が少し残ったが、なかなか旨かった。矢沢は、どうですか、という眼をして窺っていた。

「なかなかいける」と私は言った。

「でしょ」と矢沢は言った。「これは原発級です」

「何が」曽世昌が笑いながら訊いた。

「そりゃあ……」矢沢はちらっと張秋香の方を見た。

「平気ですよ。私は看護婦ですからね。男性の生理には通じております」

　みなが笑った。宴会はハブ酒がなくなるまで続いた。それから私達は、私と王子能、矢沢がツインの一部屋、曽世昌と鄭仙居が同じくツインの一部屋、橋本と張秋香はそれぞれ一人部屋へと別れた。

　その日も澄んだ青空が覗いていた。私達は、矢沢の車で新白河の駅まで送って貰って、そこから新幹線の「やまびこ」に乗った。芭蕉の足跡を辿るために仙台を経由する行程を選んだ。仙台からはJR東北線で松島へ向かった。やがて電車の窓から松島の風景が見えた。小さな島がいくつも浮かんでいて、まるで盆栽でも見るようだった。それは台北で取り寄せた絵葉書よりも生々しい魅力があった。同行の人々は、静かな嘆声と共にその風景に見入っていた。私はトイレに立った。

列車はトンネルに入った。自分の席に戻って眼を閉じると、左右に人の坐る気配がした。私には誰なのか分かった。謝坤成と呉嘉徳だ。先生、ちょっとあの娘に入れ込み過ぎじゃないか。謝が言った。振り回されてるよ。呉が言った。ああ。入れ込んでるし、振り回されてる。私は二人が相手だと気が楽になって言いたいことが言えた。結社のメンバーは、秋香の他に知っている者はいないし、彼女にも言いたいことが言えるわけではない。どうしたんだ、先生ともあろうものが。そうだよ、先生らしくない。好きになったからしようがない。まるで子供だな。自分でもどうしようもないんだ。まるで十代の少年だ。二人は楽しそうに笑った。神様のことは、どうする。謝が言った。多分、あの部屋の主がそうだろうと思う。一度会って、話してみる。先生はそのつもりでも、秀麗がどう考えてるかだろう。分かってる。あの娘の考えることは、僕らにも分からない。そう、分からないねぇ。正直なところ、僕もまったく分からない。私が言うと、二人はまた楽しそうに笑った。先生は、日本語のできる、声の綺麗な女に弱い。若い頃からそうだった。確かにその通りだった。私が結婚を考えた相手は、みな綺麗な声で美しい日本語を話す女性だった。僕は全部知ってる。僕も何人かは知ってる。やめてくれよ。やめないね。やめない。二人は声を揃えて笑った。先生、あの娘をどうするつもりだい。秀麗次第だ。ずっと面倒見たいんだろう。ああ、できることならね。恋した者は哀れだね。物事のちゃんとした判断ができなくなる。そうだよ。先生、若いつもりでいるのかい。分かってるよ。僕は老人だ。そう。老人だ。あと何年生きるつもりだい。人生八十年としても、十年もないよ。あの子は、いくつだい。よく分かってる。いや、分かってないね。生まれた子供が成人するまで生きてるつもりかい。分かってるさ。でも、守ってやりたいんだ。歳を取っても雄の本能はなくならない。呉が言った。体が思うようにならない分、欲望は却って強くなるのかも知れないね。年寄りが書画骨董に執着するのは、力を持て余した若者がスポーツに熱中するのと同じだよ。だから僕はそういう趣味を持たなかった。僕の秀麗への気持ちは、そういうことじゃない。私は言った。じゃあ、どういうことだい。男と女じゃないのかい。私は二人に気持ちを見透かされているのを感じた。分かった。認めるよ。僕は雄の本能で秀麗と向き合ってる。先生、なぜ、今まで結婚しなかったか、分かってるのかい。分かってる。僕は、結核があったから、長生きできるとは思わなかった。そう。先生は、結核持ちだった。血痰、吐いてたね。夕方になると、微熱が出る。遅かれ早かれ死ぬと思ってた。だから、結婚はしないつもりだった。今もあの時と同じだよ。もう、残された時間は限られてる。謝が言った。それとも、秀麗は違うのかい。若い頃につきあった女とは違うのかい。結婚は考えていない。じゃ、今が良ければいいのかい。先のことは考えないのかい。いや、考えてる。どうやって、あの娘を守るんだ。子供を守るんだ。遺産を残してやりたいと思ってる。僕の持ってるものを全部やれば、子供が成人するまでは暮らしていけるはずだ。おや、おや、遺産と来たか。ああ。それより神様のことだよ。神様が秀麗と子供を引き取るって言ったら、どうするんだい。その時は仕方ない。諦める。諦められるのかい。謝が言った。先生の心の中で、嫉妬の炎が渦巻いてる。業火だね。呉が言った。告白するよ。僕は今、苦しい。冷静を装ってるけど、自分の中に、これほど厄介な感情があるとは思ってもみなかった。みんな、あの娘のせいだ。あの娘とさえ出会わなければ、そんな苦しみはなかった。そうだ。謝が言った。でも、あとは枯れていくだけと思ってた僕の人生が、またみずみずしく蘇った。これは秀麗のお蔭だ。やれやれ。僕は今、苦しい。でも、張り合いがある。こんなに気持ちが昂揚したのは、どれくらいぶりか。ああ、つける薬がない。病膏肓《やまいこうこう》だね。呉が言った。これは本物だ。先生、しっかりやれ。列車はトンネルを抜けた。二人の気配は消えていた。

私達は松島湾が望めるホテルにチェックインすると、芭蕉の足跡を辿るために塩竈まで戻って遊覧船に乗った。二階席の窓際に腰を下ろして、知らず知らず謝坤成と呉嘉徳の姿を探していた。いや、二人は私の中にいた。私を通してこの景色を眺めていた。私はまた彼らと話しながら小島の間を廻っていた。その夜はホテルの私の部屋で句会を開いた。部屋の窓からは朧な月が見えた。みな旅の疲れも見せずに賑やかで、松島の月だね、と口々に歓んだ。集いは夜更けまで続いた。

翌日は平泉だった。松島から仙台へ出て、新幹線で一ノ関まで行った。そこの駅近くのホテルへ荷物を置いてタクシー二台で高館へ向かった。ここが『おくのほそ道』の旅の終わりだった。夕刻には東京へ戻って出版記念会に出る予定だ。タクシーの窓の外を移る景色を眺めながら短いみちのくの日々を振り返った。まだ満足していなかった。できるならもう少し逗留したい。しかし東京の秀麗のことも気に掛かる。これまで私は何よりも俳句を優先してきた。それが生きることだったからだ。今や私の心の中には、俳句と秀麗の、二つの部屋ができている。どちらの扉が開くかは、その時次第だ。同時に両方の扉が開いて惑うこともある。厄介なもので、そんな混乱を愉しんでいる自分もいる。

「……先生」隣の鄭仙居の声が聴こえた。

「ごめん、考え事してた」私は言った。

「邪魔したね」鄭仙居は笑って口を噤《つぐ》んだ。

タクシーは高館の義経堂の入り口で停まった。橋本が拝観料を支払っているうちに、私達はゆっくりと石段を昇った。途中に標識が立っていて、左が芭蕉の句碑、右が義経堂とあった。まず、句碑を見に行った。

夏草や兵どもが夢の跡

と芭蕉の句があり、その下に『おくのほそ道』の平泉の章が刻まれていた。義経堂へ行った。そこは義経の像を収める堂があった。傍らにはベンチもあって、この一角は金網の塀で囲まれていた。高館の斜面には夏草が茫々と生い茂り、向こうには北上川が見えた。しばらくすると、時間がありませんので、中尊寺へ行きましょう、と橋本が言った。私はもう少しここにいたかった。それで独りだけ残ることにした。

「中尊寺、いいのかい」と曽世昌が言った。「せっかく来たのに」

「いいんだ。もう少しここにいたい」

みなは独りになりたい私の気持ちを察してくれたのか、橋本に引率されて石段を下りて行った。私は北上川に臨むベンチに腰を下ろし、手に持った文庫本を開いた。杜甫の詩集だ。芭蕉は『おくのほそ道』の平泉の章に、彼の「春望」を引用している。

国破れて山河在り
城春にして草青みたり

ここは、藤原清衡、基衡、秀衡と奥州藤原氏が三代続いた土地だった。秀衡の時代に、源義経が頼朝に追われて、幼少期を過ごした平泉に逃げ延びて庇護を受けた。秀衡が死去して、義経の身柄がこの土地にあることが発覚すると、頼朝は後を継いだ泰衡に討てと命じた。義経一族は高館へ追い詰められて、彼はここで自害した。その後、泰衡は頼朝に攻められた。奥州藤原氏を追討せよ、という院宣が出ていたのだ。芭蕉は平泉の章で、権勢を誇った藤原氏が滅びたことを、笠打敷て、時のうつるまで泪を落し侍りぬ。

と歎じて、「夏草や」の句を詠んだ。同行の曽良は、「卯の花に兼房みゆる白髪かな」と続けた。高館に上ると、館跡には白い卯の花が咲いている。それに義経の老臣・増尾十郎兼房の白髪が重なるというのだ。私は眼を閉じて、杜甫の「春望」を口ずさみながら芭蕉の思いを辿った。日本の統治時代を経験した台湾人の私は、国が破れるとはどういうことか、身を持って知っている。芭蕉の歎きは、私の歎きでもあった。すると一瞬、涼風が吹いた。何か巨きなものが身じろぎしたようだった。眼を開けると、澄んだ高い空と白い卯の花が見えた。

みちのくの地霊おこして卯の花ひらく

私は息をついた。ようやくこの土地と交われた気がした。義経堂を降りて、下で待っていたらみなを乗せたタクシーがやって来た。私達は一ノ関まで戻って新幹線に乗った。

その日の夕刻、宿舎になった新宿のホテルの部屋へ荷物を置いてロビーへ降りて行くと、出版社の田坂が迎えに来ていた。メンバーが揃ったところでタクシーに分乗して、出版記念会の会場へ向かった。そこは代官山の大きな書店だった。店内の控室へ案内されて会の流れについて説明を受けていたら濃紺の背広を着た痩身の若者が入って来た。

——劉さんですか、と北京語で言った。林志明です。動きは敏捷で、聡明な眼をしている。

——いつぞやは電話で失礼しました、と私はソファーから立ち上がった。

同行の人々に、この若者が出版社のオーナーであることを告げると、彼らは口々に挨拶をして、丁寧に差し出された名刺を受取った。やがて書店のスタッフに案内されて私達は会場へ向かった。そこはギャラリースペースらしい小広いフロアで、すでに四、五十人程の聴衆が集まっていて、壁には『華麗歳時記』がうまく展示されていた。スタッフに促されて私達が前方の椅子へ腰を下ろすと、聴衆から拍手が起こった。何だか気恥ずかしかった。司会の女性の紹介で、林志明が挨拶した。彼は、台湾と日本は一時不幸な関係にあったが、それでも台湾は親日的な国であり、その証拠に今も日本語で暮らしている人々がいる、自分は台日の懸け橋として、さらに交流を深めて新しい時代の関係を築きたい、と述べた。思った通り、私達はパンダの役割を期待されているのだった。著者の劉秋日様からご挨拶を頂きます、と司会が言った。私は立ち上がって、読むつもりだった原稿を椅子に置いた。

「私は台湾で生まれました。本来なら閩南語か北京語で話している人間です。それが皆さんにも理解できる言葉で話している。これは、私の語学的な能力の問題ではなく、私の先祖の歴史に関わりがあります。

私が話しているのは日本語であり、日本語ではありません。どうしてそういう言葉を話すようになったのか。それは、かつて私が日本人であり、ある時からそうでなくなったからです。

私は日本語で教育を受けました。それは当時の台湾が日本だったからです。日本語が使えないと蔑まれました。ところがある日、突然、台湾は日本でなくなりました。国がなくなってしまったのです。そして私は、日本人ではなくなりました。

大陸から台湾へやって来た人々は、私が北京語を使えないと知って、文盲と言いました。確かに私は彼らの言葉がほとんど分からなかった。今度は北京語を使えないと蔑まれました。しかし日本語なら自由に使えます。そこで、日本語で表現することにしました。

『華麗歳時記』は、私の祖国のために書きました。私の祖国は日本ではありません。中国でもありません。台湾でもありません。私の祖国は、私と一緒に日本語で教育を受けて、今も日本語を使う人々です。私は彼らのために書きました。

それが日本の読者の興味を引くのであれば、大いに喜ばしいことです」

拍手を受けながら自分の席に戻って、ちらっと林志明を見たら、どこか苦々しそうな表情をしていた。知ったことではなかった。私はパンダになるつもりはない。

出版記念会が終わって宿舎のホテルへ戻ると、酒とつまみを持って、みなが私の部屋に集まって来た。滞日の最終日を惜しんで飲み直そうということだった。そこで頃合いを見計らって、

「僕はしばらく日本に残る」と言った。

「聞いてない」と張秋香が言った。

「先生、しばらくって、いつまで」と曽世昌が言った。

三カ月程、と私は応えた。彼は、私の顔をじっと見つめて、計画的犯行だな、と呟いた。

「日本滞在記を書く」と私は言った。「僕と日本語の関係に決着をつける」

そういうことか、と王子能が言った。鄭仙居は頷いていた。

「句会はどうするの。一回も休んだことないのよ」

「句会は続けて欲しい。今はファックスという便利な物がある。皆が詠んだ句を送ってくれればいい。選句は僕がする。それから、これ」と張秋香にメモを渡した。

彼女は眼を細めてそれを見つめた。

「日本で使う携帯のメールアドレス。連絡はこれで」

確信犯だな、と曽世昌が笑った。張秋香は軽い溜め息をついた。それでこの問題は片付いた。


その朝、みなを羽田空港で見送ってから私は秀麗のアパートへ向かった。橋本の書いてくれたメモを見ながら混雑した電車を乗り継いで、最寄りの駅からはタクシーに乗った。アパートのドアをノックすると、顔を覗かせたのは、瘠せて背の高い、神経質そうな若者だった。顎を引いてぐっとこちらを見る眼は鷹のような印象がある。どこかで会ったことがあるような気がした。これが秀麗の神様なのだろうか。腹の奥が熱くなった。

「劉と言いますが、秀麗は……」

「ああ……」と若者の表情が和らいだ。「秀麗は買い物です……待ちますか……」

若者はドアを押し開いて身を引き、私を招き入れた。部屋に入るのは二度目だ。

「私のこと聴いてますか」

「秀麗は、保護者と言ってましたが……」

「そうです。実の父親は他にいるけど、僕は父親代わりです」

秀麗は、私との関係をどこまで話しているのだろうか。彼は冷蔵庫から麦茶を出してコップに注ぎ、コーヒーテーブルに置いた。

「お名前は……」

「景山裕一です……」

彼はちょっと頷いて右の部屋へ入り、壁際の机に向かって何か作業を始めた。私のところからは何をしているのか見えなかった。彼の背中を見ながら考えた。一番訊きたかったのは、彼が秀麗の腹の子の父親なのかどうかということだ。しかしなぜか言葉が出て来なかった。私は麦茶を飲みながら部屋を見回した。外からは時折自動車やオートバイの走る音が聴こえた。やがてドアの開く音がしたの

で振り向くと、買い物袋を提げた秀麗が大儀そうに入って来た。私を見た途端、

「劉さん、何してるの」と叱るような口調で言った。私は思わず立ち上がって、

「ああ、東北旅行が終わったので様子を見に来た」と言った。

「様子って、一週間くらいで変わらないわよ」

景山はいつの間にか部屋から出て来て、秀麗の提げている買い物袋を持って手際よく台所で中身を片付け始めた。

「紹介してくれないか」

秀麗は大きな腹を抱えるようにしてソファーへ腰を下ろして、

「坐れば」と言った。

私は床に坐った。買い物袋の中身を片付けた景山がこちらへ来た。

「裕一よ」

「さっき自己紹介した……」

景山が立ったままで言った。その表情を見ていて、どこかで会ったような気がした理由が分かった。エゴン・シーレの自画像によく似ているのだ。秀麗は鬱陶しそうな眼差しを私に向けた。

「お互いに名前を名乗った。それだけだよ」

「他に何を話すの」

私は一つ息をついた。一番大切なことを聴いていないのだ。

「彼がその、お腹の子供の……」私が言い淀んでいると、秀麗は挑むように、

「そうよ」と言った。それがどうしたの、という強い口調だった。「この子の父親は裕一」

景山は黙っていた。強い酒を呑んだ時のように腹が熱くなった。秀麗は相変わらず鬱陶しそうな眼差しを、こちらに向けていた。私は他にも訊きたいことがたくさんあった。彼は秀麗の隣に腰を下ろした。

「いくつか訊きたいことがあるけど、訊いてもいいかな」

秀麗は黙ってこちらを見ていた。

「二人はどうやって知り合ったの」我ながら間の抜けた質問だった。

「そんなこと訊いてどうするの」間髪を入れずに秀麗が言った。

「保護者として最低のことは知って置きたいから」

「俺らが知り合ったのは、アニメのイベントです……」と景山が引き取った。「俺はアニメーターです……」

「そうですか。あちらの部屋でやってた仕事はアニメですか」

「今、短編アニメを作ってます……」

「いつまでこんな話するの」秀麗が苛立ったように言った。

景山は秀麗を宥めるように手を上げて、

「日本の昔話をベースにしたアニメです……」と言った。

秀麗は立ち上がって冷蔵庫から麦茶を出してコップに注いだ。一口飲んでソファーに戻り、テーブルにコップを置いた。苛々しているのが伝わってきた。私は迷ったが、思い切って本当に訊きたかったことを訊いてみた。

「子供は日本で育てるつもりですか」

景山は床に答えが書かれているように俯いた。

「なんでそんなこと訊くの」秀麗は明らかに怒っていた。しかしここは私も退くわけにいかなかった。これからの短い人生が掛かっているのだ。

「いや、日本で出産するというのは、育てるのも日本なのかなと思って」

「秀麗が日本で出産することになったのは、俺のせいです……」景山が申し訳なさそうに言った。

「俺は病気で、日本を離れるのが難しいから……」

私は一瞬、言葉に詰まった。秀麗は怒りを含ませた眼をして、黙って麦茶を飲んだ。

「失礼ですが、どんな御病気ですか」

腎不全だ、と景山は言った。

「もういいんじゃない。訊きたいことは訊いたでしょう」

その後、私が言ったことは、自分でも耳を疑うようなことだった。

「僕がおさんどんをしよう」と私は言っていた。「掃除も洗濯もしよう。家事を手伝うよ」

秀麗は私が何を言っているのか分からないようだった。怒りの中に戸惑いが混じった表情になった。

「つまり、こういうことだよ。これから秀麗は、ますます動くのが大変になる。家事も買い物も辛いだろう。そうかと言って、景山君にやらせるわけにいかない。病気だし、仕事があるから。僕は、日本に滞在中、これといった仕事はない。体も健康だ。だから、保護者として、君達の生活の面倒を見よう」

「でも、親代りの人にそれは……」

景山が少し戸惑ったように秀麗を見た。

「僕のことなら大丈夫。気にしないでください。台湾では秀麗の家事も手伝っていた」

彼女は相変わらず怒りを含んだ表情で黙っていた。

「それがいい。そういうことにしよう」

私が家政夫になれば、毎日このアパートを訪ねて来ても不自然ではない。

「いいね」

僕は秀麗に念を押した。彼女は頷かなかったが、嫌だとも言わなかったので、肯定したと受け止めた。私は自分のした仕事に満足だった。

翌日から私は景山のアパートへ通うことになった。私のやることは、まず、昼と夕の二人分の食事を用意することだった。長い間の独り暮らしで台所に立つことは苦にならない。台湾では外食が多かったから、作ることのできる料理は限られているが、彼等を飽きさせることはないだろう。ところが秀麗から示されたノートを見て驚いた。景山には食事制限があって、蛋白質、塩分、カリウムなど一日に摂取できる量が決まっており、どのような食材をどれだけ食べてもいいか、実に細かくしるされていた。秀麗はこれに基づいて食事を拵えていたのだ。メニューを考えるのは随分大変だっただろう。私がおさんどんをするのを許すのも分かる気がした。苦心して昼食を拵えて帰ろうとしたら、景山が、これからは一緒に食事をすればいい、と口を開いた。戸惑って秀麗を見たら、後片付けもあるからね、と言った。いずれにしても喜ばしいことで、その日の夕食から食卓には私も加わることになった。景山はほとんど喋らなかったが、それは冷淡というのではなく、仕事のことをずっと考えているからのようだった。それでも私は洗濯と掃除も引き受けたので、しばらくするうちに彼の来歴がだんだん分かって来た。

景山は一九七五年に埼玉県で生まれた。一歳の頃に母親が家を出て、父親はちり紙交換の仕事で家におらず、祖母に育てられたが、学校から帰ると、家でTVのアニメを視るのが日課だった。自然とアニメの熱心なファンになった。小遣いはすべて漫画のアニメに注ぎ込んだ。いわゆる〝ヲタク〟

だ。大学に馴染めず中退した後、アルバイトをしながらアニメの専門学校へ通ってアニメーターになり、中堅のアニメスタジオに就職した。そこで何年か下積みをしながら自作のアニメを作り始めた。病を発症したのはこの頃だった。尋常ではない怠さが続いて、病院へ行ったところ、重度の腎不全と言われた。子供の頃に腎盂炎を患ったことがあったので、もともと腎臓は弱かったのだ。やがて人工透析を受けるようになり、障害者年金を支給される身の上となった。

私は食事の用意と家事を手伝うことになったので、日中はほとんど二人のアパートにいた。景山と秀麗の暮らしは静かだった。彼は一日置きに人工透析を受けに病院へ行った。帰って来ると、世界の果てを見てきたような虚ろな眼差しを天上に向けてベッドへ横になっていた。翌日は何事もなかったように、ずっと机に向かってデスクトップの大きなパソコンでアニメの原画を描いていた。仕事をしている時の彼はいかにも歓びに満ちていた。秀麗は重そうな腹を抱えてソファーに横たわり、TVを見たり、昼寝をしたり、辞書を引きながらスペイン語の本を読んだりして過ごした。来客もなかった。景山は私のことを秀麗の保護者だと思っているので、特に気に掛けるふうもなかったが、私は彼が秀麗と赤ん坊のことをどう考えているのか知りたくて仕方なかった。それとなく二人の会話やふるまいを観察して、できるだけ景山と話をするようにした。ある時家事の合間にコーヒーを淹れて持って行ってやり、制作中のアニメについて訊いてみた。彼は珍しく饒舌になって、何を描いているか教えてくれた。それは「景山プロダクション」の第一作で、柳田国男の『遠野物語』を題材にした作品だった。

　おひでは八十を超えて達者であった。魔法をよくして、まじないで蛇を殺し、木に止まった鳥を落としたりする。この老女が語るには、菊池弥之助という老人は、若いころ村の人々から頼まれ仕事をして暮らしていた。笛の名人で、夜通し馬を追って行くときなどは、よく笛を吹きながら行った。ある薄月夜に、あまたの仲間の者とともに浜へ向かう境木峠を行くとき、また笛を取り出して吹きながら、大谷地というところの上を通った。大谷地は深い谷で白樺の林がしげり、その下は葦などが生える湿った沢であった。このとき谷の底から何者かが高い声で「面白いぞー」と叫んだ。みな、驚いて逃げ走ったという。この男がある奥山に入り、茸を採っているとき、小屋をかけて寝支度をしていたら、深夜に遠いところで「きゃー」という女の叫び声が聞こえて胸を轟かしたことがあった。里へ帰ってみれば、その同じ夜、ときも同じころ、自分の妹をその息子が殺していたのであった。

　この女は母一人子一人の家庭で、嫁と姑の仲がとても悪く、嫁はしばしば幼い娘を連れて親の里へ帰ってしまうことがあった。その日、嫁は家で伏せっていたのだが、昼の頃になって突然と倅《せがれ》が、「ガガ（母）はとても生かしては置かれない、今日は必ず殺してやる」と、大きな草刈鎌を取り出し、ごしごしと研ぎ始めた。その様子は戯れとも見えなかったので、母は様々に事を分けて詫びたが、少しも聴かない。嫁も起き出して、泣きながら諫《いさ》めたのだが、まったく言うことを聴くこともなく、やがて母が逃げ出そうとする様子を見て、前後の戸口をすべて閉ざしてしまった。便所に行きたいと言えば、外から便器を持って来て、「これにしろ」という。夕方になると、母もとうとうあきらめて、大きな囲炉裏の側にうずくまって、ただ泣いていた。倅はよくよく磨いだ大鎌を手にして近寄り、まず左の肩口をめがけて薙ぐようにすれば、鎌の刃先が炉の上の火棚に引っ掛かってよく斬れず、そのときに母は、深山の奥で弥之助が聴きつけた叫び声を立てたのであった。二度目には右の肩より切り下げたが、これでもなお死に絶えず息のあるところへ、里人など驚いて駈けつけ、倅を取り押さえて警察官を呼んで引き渡した。母親は男が捕えられて、引き立てられて行くのを見て、滝のように血の流れる中から、自分は恨みも抱かずに死ぬので、孫四郎は許してほしいという。これを聴いて心を動かさぬ者はなかった。孫四郎は引き立てられて行く途中も、その鎌を振り上げて巡査を追い回したりしたが、狂人であるとして放免され家に帰った。

孫四郎の娘は、美しく成長した。家では一匹の馬を養っていた。娘はこの馬を愛して夜になれば馬屋に行って寝る。やがてついに馬と夫婦になった。ある夜、孫四郎はこのことを知って、その次の日に娘には知らせず、馬を連れ出して桑の木に吊り下げて殺してしまった。その夜、娘は馬がいないので父に尋ねてこのことを知り、驚き悲しんだ。そして桑の木の下に行き、死んだ馬の首に縋って泣いていた。父がこれを憎んで斧をふるって後ろから馬の首を切り落としたところ、たちまち娘はその首に乗ったまま天に昇り去った。

景山はシナリオを見せながら、アニメの物語について話した。それは自分の宝物を自慢する子供のようだった。二十分程度の短編アニメなのだが、原画は最低でも三千枚は必要で、その他、動画、彩色、編集、アフレコなど、すべて独りで手掛けなければならない。人工透析を受けた日は仕事にならないから、作業ができるのは一日置きなので相当な労力を要する——私は頷きながら、この物語には彼の生い立ちが反映されているのだろうか、と別のことを考えていた。

「声を当てるのは俺と秀麗です……」景山は言った。

秀麗は、最後の場面でリラ・ダウンズの「泣き女《ラ・ジョローナ》」をスペイン語で歌うのだという。「泣き女《ラ・ジョローナ》」はメキシコの昔話で、ある女が関係のあった男の赤ん坊を産むのだが、浮気されて逆上した挙句、川へ流して殺してしまう。その後、自分も入水して命を絶ち、亡霊となって川縁をさまよって子供を探す、という物語だった。これは次回作の予告でもあるらしかった。新しいアニメは、チカーノ、つまりメキシコ系アメリカ人を主人公にした『泣き女《ラ・ジョローナ》』なのだという。秀麗は耳がいいので、スペイン語の憶えが早い、と彼は言った。これで彼女がスペイン語の本を読んでいる理由が分かった。しかしなぜ、スペイン語なのか訊くと、景山は大学でスペイン語と出会い、読み書きには不自由しない程度まで習得していると応えた。そして、本棚から随分古びたペーパーバックの本を取り出し、

「サンティアゴ・バカってチカーノの詩人の本です……」と言った。

景山の父は、生家が貧しく中学しか出ていなかった。それで苦労して息子を大学へ入れた。卒業したら公務員か銀行員になれ、と言われて法学部に学んだ。しかし〝ヲタク〟の彼はまったくその方面の学業には関心がなかった。第二外国で履修したスペイン語の授業で、教師がサンティアゴ・バカの詩をプリントして配った。彼は北米の貧しいチカーノ達が暮らす地域・バリオで生まれ、ろくに学校へも行かず、犯罪に手を染めて刑務所に入った。そこで文学に関心を持ち、詩を書くようになり、出所すると、北米でも有数のチカーノ詩人として大成した。景山はバカの経歴に関心を持った。なぜか他人事のような気がしなかったのだという。一夏かけて、教師が貸してくれた彼の詩集を、辞書を引きながら、それでも分からないところは教師に尋ねて読み終えた。その時、「自分も何者かになれる気がした」のだという。そこで父に、大学を中退してアニメの専門学校へ行きたい、と相談した。大学を辞めるのなら家を出て行け、と言われた。二人の仲をとりなしてくれる祖母はすでに亡くなっていた。景山は家を出た。

アニメの専門学校に入ってからも、違う世界への扉を開いておきたいと思って、スペイン語は続け、チカーノの戦略に学んでいた。彼らは、自分達の文化を大切にする。そこで景山も『遠野物語』など、日本の昔話を題材としたアニメの制作に取り組んだ。さらにチカーノは、北米の言語や文化を批判的に受け入れて、二つの文化の鬩ぎ合い、境界を表現する。国の内にいるが、立場は外でも内でもなく、境界から国を変えていく。チカーノは、彼ら自身がボーダー（境界）であり、彼らの上に国境がある――景山は『遠野物語』を現代の東京を舞台にして、日本の伝統的な文化を蘇らせ、米国化された現代の日本文化との鬩ぎ合いを表現したいのだと言った。次回作の『泣き女《ラ・ジョローナ》』はサンティアゴ・バカへのオマージュだった。話し終った時、彼は著者らしく眼をきらきらさせ、僅かに頰を紅潮させていた。詩人に捧げる作品と聴いたので、思いついてスペイン語で書かれたHAIKUがあるはずだ、と教えてやった。すると景山はネットで調べ始めて興味深そうに読んでいた。私は俄かに彼の制作しているアニメが観たくなった。秀麗が声優と歌手を務めているのだ。彼女はもともと声を使った仕事がしたいと望んでいた。私はそれを手助けしようと申し出て機嫌を損ねたことがあった。アニメが完成するのは、まだ何か月か先だと景山は言った。

私の日課は朝食と夕食の合間、持参した角川の歳時記を手にして近所を散策することだった。あまり傍にいると、秀麗の機嫌が悪くなるのだ。彼女は大きな腹を抱えて、世の中のすべてが気に入らないとでもいうように、しょっちゅう苛々していた。家事の合間に歳時記を捲っていたら、必ず、「散歩に行って来たら」と言った。そうでなければ、「本なら自分の部屋で読めばいいじゃない」だった。だから私は、秀麗に追い出される前に自主的に外出することにしていた。景山は気の毒そうに見ていた。

街の通りの印象は、ほとんど台北と変わらない。猫も歩いている。気象と植生は違う。これは風土が違うのだから当然だ。日本へ来て約二週間になるが、東北への旅は特別として、それ以外の東京での暮らしは、特別な感慨も湧かない。子供でさえ日本語を話していることは新鮮に映る。この国が日本語族の原郷であることに間違いはない。しかし誰もが日本語を話している風景を見ていると、自分用に仕立てたはずの洋服なのに、どこへ行っても同じ洋服を着ている者に出会うような気持ちがする。何だか居心地が悪い。私は日本語とどのような関係を結んでいけばいいのだろうか。今更ながら迷い始めた。それは『華麗歳時記』の出版とも関わっている。日本語族としての大仕事を終えた私は、少なからず脱力していた。何だか日本語に倦んだ感じなのだ。結社の人々に告げた「日本語との決着をつける」というのは、日本へ残るための口実だったが、本当にそうしなければならないような気がしてきた。日本語の外に出たい思いがあり、内に留まっていたい気持ちがある。破壊したい衝動があり、構築したい意欲がある。矛盾したものが鬩《せめ》ぎ合っているのだ。そこでまず今の日本語と付き合ってみようと思った。市井の言葉を採集して小さな日本語のカタログを拵《こしら》えることにした。

図書館にて

強い力の作用を受ける粒子を総称してハドロン（hadron）といい、陽子や中性子それに中間子など、数百種類ある。ハドロンは4つの力の全てを受ける。ハドロンは広がりを持ち、クォーク（quark）というもっと基本的な粒子の集まりである。

駅での会話より

女　西口おでになるんです。（はい）アノーでましたら右のほうへ（はい）田園都市線がでてますから、それにそって（はい）六、七分あるいてらっしゃるんです。

B　ああ、そうですか。

女　はい。そして、二つめの、

B　ああ、そうですか。そのォミチーは、アノ、一本みちになってますか。

女　ええ、そうです。

B　あ、そうですか。

女　え？

B　アノ、一本みち、

女　はい、アノ、その電車にそってあるいてらっしゃればよろしいんです。

B　ああ、そうですか。まがりかどなんかないわけですね。

女　そしてね、（はい）二つめのォ、ガードのところをまがったところです。

公民館の談話室にて

脱北者　知的財産立国　国立追悼施設　新紙幣　入り口の手前　ラムズフェルド・ドクトリン

ブッシュ・ドクトリン　オサマ・エクスキューズ　グラウンド・ゼロ　丘の上の町　肩殴り　パワー・ハラスメント　試料バンク　シリコンサイクル　マーサの時代　総耳番号制　君が代神経症　バタフライ効果　アジアの虎　ジャパンブルー　スカルパー　四方一両損　ホイッスルブロワー　雪印体質　北方四島支援事業　疑惑の総合商社／疑惑のデパート　ムネオハウス　ムネムネ会　提言勢力　スカート踏み　勝負服　まちづくり権　スローライフ　スロータウン連盟　がんばらない宣言　歩きたばこ禁止条例　募金型自販機　逆出稼ぎ　古事（こじ）の森　運動器　長野の変　ヘブンアーティスト事業　着声　占有屋　ドナービジネス　フリーカー　騒色　知縁・助縁　講演デビュー　土曜大学　フロー社員　おじさん本　父親力　日本語本　L文学　五行歌　詩のボクシング　ネットスーパー　デパオク　ノー・レジ袋デー　マイバッグ運動　ピローフィッター　ツーハンマン　消費の1人内2極化　イートイン　ニポカジ　スタイリッシュプア　プリズンブルー　カーゴパンツ　エコ・チェック　バブル・ジュニア　ミッションバッグ　回想法　健やか八十子さん　スローピング　スポチャン　カイトボーディング　座力　ファスティング　未病　健康病　カナリア社員　ルームシェア　逆求人　バクリ学生　職親　ヒッキーネット　知的亡国化　バウビオロギー住宅　中華竜鳥　嫌言権　新日本語　ちびだら飲み　鑑賞教育　心のノート　保育ステーション　成育医療　おすしマゴワヤサシイ　スプラウト野菜　食育　フーディング　変食　おさかな天国　食玩　樹木博士　インターネット・カフェ　酸素犬　ドライブレコーダー　ラダーマクラギ　トラッキング現象　ドラマ

ネー　ポストバーコード

アフィリエイト・プログラム（affiliate program）

ウェブサイトを利用した広告・販売形態のひとつ。オンライン上で商品やサービスを提供するEC（電子商取引）サイトと提携を結んで、自らのサイト（アフィリエイト・サイト）に広告・リンクを掲載し、そのリンクから直接発生したアクセスや注文等の成果に応じて報酬を得る。バナー広告（⇩別項）に限らず、商品画像等多様な方法でリンク付けが可能。ECサイトには、低コストで販売拠点を拡大できるほか、アフィリエイト・サイトの特色を活かしたきめ細かい販売チャネルが構築できるなどの利点がある。アフィリエイト・サイトからみれば、関連深い商品やサービスを提供することによって自らのサイトの価値を高めることができるほか、直接の販売リスクを負うことなくネット通販を通じて収益源を確保できるなどの利点がある。

デジタルデバイド／デジタルオポチュニティー（digital divide/digital opportunity）

デジタルデバイドとは、所得、教育、人種、居住地域などを要因に、情報技術を使いこなせる人と使いこなせない人の間に生じる経済的・社会的格差のことをいう。1995年発表のアメリカ商務省報告書「Falling Through The Net」のなかで情報貧者の存在が指摘されてから、拡大する情報格差をデジタルデバイドと表現するようになる。当初は個人や地域の格差をさしていたが、現在では企業間や国家間の情報格差にまで適用範囲が広がっている。他方、情報化の進展が社会のパラダイム転換をもたらすことで、人々に新しい機会を提供するという見方をデジタルオポチュニティーという。情報技術を使いこなすことによってそれまでの社会的格差の是正を試み、アナログ社会における弱者がデジタル社会の強者へ転換する好機とみなす考え方である。

『ハリー・ポッターと秘密の部屋』(J．K．ローリング　静山社)、『世界一簡単な英語の本』(向山淳子　幻冬舎)、『世界がもし100人の村だったら』(池田香代子　マガジンハウス)、『ハリー・ポッターと賢者の石』(J．K．ローリング　静山社)、『ハリー・ポッターとアズカバンの囚人』(J．K．ローリング　静山社)、『盲導犬クイールの一生』(石黒謙吾　文藝春秋)、『声に出して読みたい日本語』(齋藤孝　草思社)、『生きかた上手』(日野原重明　ユーリーグ)、『何をしてもうまくいく人の条件』(ジム・ドノヴァン　ディスカヴァー21)、『常識として知っておきたい日本語』(柴田武　幻冬舎)、『猛スピードで母は』(長嶋有　文藝春秋)、『三色ボールペンで読む日本語』(齋藤孝　角川書店)、『肩ごしの恋人』(唯川恵　マガジンハウス)

日本人は変わったか　井上章一

電話の発達史を、まず考えてみたい。そこから順をおって、日本人そのものの変貌という問題へ、話を移していくことにしよう。

いま、多くの人は携帯電話をもっている。一人ひとりがそれぞれの電話を所持する。そんな生活様式が、すっかり定着するにいたっている。おかげで、電話をめぐるコミュニケーションの有り様が、大きく移り変わってきた。

以前は、一家に1台しか電話が置かれていなかった。家族の共有スペースにもうけられた卓上電話を、みんなで使っていたのである。当然、ほかの家族構成員がいる前で、電話にでるというケースも多かった。

父母には聞かれたくない恋人や、妻へは内緒にしておきたい愛人とのやりとり。場合によっては、そんな話さえ、家族の前ですることを余儀なくされていた。子どもの電話中に、親が横から注文をつけることだって、なかったわけではない。

もちろん、そんないざこざから、子どもの個室へ電話を設置したケースもあったろう。お金に余裕があり、子どもにやや甘い家なら、電話がパーソナル化していく兆しは、前からあった。それが携帯電話の普及で、一気に進展していったのである。

話を少しさかのぼる。日本の各家庭へ卓上電話が置かれていきだしたのは、1960年代以後の現象である。それまでは、商家や特殊な上流家庭にしか、電話は設置されていなかった。

そのため、近所の家へ電話を借りに行くことも、なかったわけではない。商家が近隣住民へのサービスで、呼び出しに応じることもよくあった。名刺に数軒先の、例えば米屋の電話番号を刷り込む者もいたと思う。大家が借家人へ電話を取り次ぐケースも、よく見られた。

家族の共有というどころじゃあない。大げさに言えば、近隣何棟かで1台の電話を、事実上共有していた時代もあったのである。

電話で交わす話題によっては、それが地域全体の噂にもなったろう。場合によっては、ひんしゅくを買ったりしたこともあったのではないか。家庭の卓上電話でも、家族へ話が筒抜けになるという不安はあった。しかし、それ以前は、一家族の範囲を越え、外の地域社会へ漏れてしまいかねない時代だったのだ。

都内の公園にて

防犯カメラ作動中／喫煙所／忘れ物・落し物にご注意ください／ゴミ等はお持ち帰りください／カン・ビン　ペットボトル　その他のゴミ／さんごじゅ　すいかずら科／れんぎょう　もくせい科／渋谷区土木部／不審物を発見したときは、区役所の公園課又は警察に連絡願います。なお、無届で集会等を開くことや、不法に占有することは禁止します。／消えないで公園／荷物をあずけている方への倉庫に荷物をあずけている方は、布テープにマジックで名前を書いてください。名前のない荷物は4／19（月）に別の場所へ移動します。／みんなのCAFE　いらっしゃい／わたしたちは、以下の問題があると考え、反対しています。一企業の宣伝・営利に使われること。誰もが憩える公園でなくなること。手続きが不透明かつ非民主的なこと。渋谷区の目的が、公園からの一方的な「ホームレス排除」、街からの「スケーター排除」であること。わたしたちは、この計画の白紙撤回を求め、工事を着工させないために、デモなどを行い、現在テントを張っています。／落書き禁止　落書きは「きれいなまち渋谷をみんなでつくる条例」により禁止されています。違反した場合には処罰されます。／ゴミ出し禁止　集積所は停止中みたいです／このゴミ集積所は停止中です／ゴミは出さないで下さい

ウィークリーマンションのシャワー付き風呂釜の取扱説明書より

①温調切替ツマミのビスをゆるめ、ツマミを抜きとる。
②シャワー接続袋ナットを外す。（シャワーの取り付け方の反対順序です。）
③出湯エルボを固定しているビス3本を外し、出湯エルボを取り外す。
④ホースエンドプレートを固定しているビス2本を外し、ホースエンドプレート、ホースエンドパッキンを取り外す。
⑤入水エルボの袋ナットをゆるめ、入水エルボを取り外し、ビス2本も外す。

駅ビルの書店にて

我《おら》はもと程窪の久兵衛の子にて母の名おしづといふ、我がちひさき時に久兵衛は死にて、我を愛《め》ぐみ養ひけるに、我は六歳になりける時に死にたるが、後にこの家の母の腹に入りて生まれたりけりと

云ふ。されども小児のしどけなき詞にて、余りにも奇《あや》しき物語なれば、容易にとり上ぐべき事にも非ずと思ひて打過ぎける。

九月も終わりに近づいているのに暑い日が続いていた。台湾に比べると、気温はやや低いから辛抱できない程ではないが、湿気が多いので不快だった。景山と秀麗の二人と朝食を取って掃除を済ませた後、歳時記を持って散策に出た。しばらく近所をぶらぶらして、公園のベンチで缶コーヒーを飲み、句作をしてアパートへ戻った。するとドアには鍵が掛かっていて入ることができなかった。まさか締め出しはしないだろうと思って呼び鈴を鳴らしてみた。返事はない。私を置いて二人で出掛けたのだろうか。表で思案していたら、隣のドアが少し開いて若い女性が顔を出した。私も何度か挨拶を交わした人だ。

「その部屋の人、救急車で運ばれましたよ」

「女ですか、男ですか」

「担架に乗っていたのは男の人です。女の人は付き添ってました」

「病院、分かりますか」

隣人は首を捻り、少し考えて、消防署に問い合わせれば分かるかも知れない、と言った。彼女は私を部屋に招き入れ、消防署に電話を掛けて救急車の行き先を調べてくれた。私は手渡されたメモを持ってタクシーを拾いに大通りへ出た。

景山が搬送されたのは人工透析に通っている市内の総合病院だった。受付で事情を説明すると、看護師が何か書類を見て電話を掛け、今はまだ処置中で面会はできないと言われた。付き添っている家族に会いたいのだと言うと、救命救急の処置室の場所を教えられた。そこへ行くと、壁際のベンチに秀麗が坐っていたが、頭を壁につけて眠っているようだった。声を掛けるのが躊躇われた。顔は化粧気がなかったものの、肌は清潔に輝いていて、妊婦に特有の美しさを放っていた。こんな時に不謹慎のようだが、私はちょっと見惚れてしまった。少し離れた所に腰を下ろして、そのまま眺めていた。どれぐらいの時が経ったか、処置室のドアが開いて白衣を着た不機嫌そうな四十代ぐらいの男の医者が出て来た。

「景山さんのご家族」と医者は私に向かって言った。秀麗が眼を醒まして、

「はい」と立ち上がった。一瞬、傍らにいる私の姿を訝しそうに見た。

医者は私と秀麗を交互に見ながら病状の説明を始めた。腎不全の症状が悪化したのではなく、疲労が重なっているようだということだった。

「仕事してる」

「はい。睡眠時間も削ってやってます」

景山は人工透析に人生の時間を半分取られている。それを取り戻そうとしていたのだ。医者は露骨

に顔を顰めた。

「あのね、こういうことしてると、確実に寿命を縮めるよ。まだ死にたくないでしょう」

そんな言い方をしなくてもいいだろうと思った。気持ちが顔に表れたのか、医者はちらっと私を見て、

「家族の人からも言い聞かせてください」と言った。「取り敢えず一日二日入院して、十分に休養をとって、退院はそれから」

「会えますか」

「今は薬で眠ってるから、今日の所は帰っていいですよ」

「ありがとうございました。よろしくお願いします」

頭を下げる私を、秀麗は迷惑そうな表情で見ていた。私達は一旦帰ることにしてタクシーを呼んだ。帰る車中、彼女は外を向いてずっと黙っていた。私も何も話し掛けられなかった。やがてアパートへ着いて階段を上がった。部屋へ入って、

「何も食べないと体に毒だ。弁当、買って来るよ」

秀麗は何か言い掛けて眼を擦った。私は胸を突かれた思いがした。彼女は顔を背けた。

「弁当、買って来る」私はそう言い置いてアパートを出た。

近くの弁当屋まで歩きながら、さっき見たのが何だったのか考えていた。適当に弁当を買ってアパートへ帰った。私達は黙って弁当を開いた。しばらくすると、秀麗が、

「今日は、もう帰って」と言った。私は弁当を閉じて、

「分かった。帰る」と立ち上がった。何かあったら電話して、と言い掛けて言葉を呑み込んだ。

真っ直ぐにウィークリーマンションへ帰った。ドアを開けたらむっとした熱気が洩れた。電灯を点けて窓を開け、空気を入れ替える。しばらくして窓を閉め、カーテンを引くと、弁当の袋をテーブルに置いて、ベッドへ腰を下ろした。自分が何を見たのか考えていた。あれは確かに涙だった。秀麗は泣いたのだ。彼女が泣くのを見るのは初めてだった。秀麗の性格は涙を嫌う。恐らくこれまでに人前で涙を見せことはないはずだ。私にも弱みを見せるのは嫌だろう。妊婦は精神が不安定になるという。思わず昂ったのか。いずれにしても秀麗の中に、これほど一途な気持ちが潜んでいたのだ。不思議なことに妬みよりも秀麗への愛おしさがまさった。頭がすっきりしないので台所に立って濃いめのコーヒーを淹れた。

私は日本へ来て秀麗の新しい貌を何度も見ることになった。それにはすべて景山が絡んでいる。今日の涙は最たるものだ。私が死んだとしても、彼女が泣くことはないだろう。私には愛情はもちろん、そんな思い入れはないのだ。私達は、檳榔スタンドの客と売り子の関係から、ほとんど発展していない。私はベッドに腰を下ろして苦いコーヒーを飲んだ。もともと男と女の関係になることは諦めていた。秀麗のそばにいて、子供の世話をして、三人で暮らしていくことができれば、それで良かった。今でも考えは変わらない。しかし秀麗と景山を見ていると、私の心が揺れる。軋む。壊れそうに

なる。

秀麗がソファーで休んでいて、時々景山に声を掛け、膨らんだ腹を撫でさせる。それを見る彼女の眼差しは、人がこんなに優しい眼で、人を見ることができるのかと思うぐらい、優しい。あの眼差しが私に向けられたら、大袈裟ではなく、私は死んでも構わない。ところが、それは私ではない、他の男に向けられているのだ。しかも腹の中の子供は、その男の種から育っているのだ。見て見ぬ振りをしながら、私の心は深く抉《えぐ》られ、血塗れになっている。そうして二人はよくスペイン語でやりとりをする。私には、まったく分からない言葉だ。そういう時の秀麗は、幼子が父親に物を尋ねているような、とても無垢な表情になる。これも私の知らない秀麗だった。彼女は、わざとのようにスペイン語を使う。景山との秘密の会話を愉しむように。私達が台湾にいる時、日本語でやり取りしていたように。そのたび、私の中で日本語への魅力が薄れていくような気がする。私はコーヒーを飲み干した。カーテンを引いて窓を開けた。空を見上げてみる。ちらちら星が瞬いていた。私はこれまで長い時間を掛けて自分を受け入れてきた。秀麗と出会って、それが台無しになっていくようだ。彼女によって、私は人として熟していくことを奪われ、無分別な若い動物に返されようとしているのだ。

窓を閉めてカーテンを引いた。まだ眠くはないのでテレビを点けた。バラエティー番組をやっていた。台北でもよく見掛ける若い芸人が、くだらないゲームをしていた。私はしばらくのあいだ、ぼんやりとそれを眺めていた。

退院した景山は、すぐアニメの作画作業に戻った。枯れていた花がしゃんと息を吹き返したようだった。医師から食事と睡眠はしっかり取るように助言されたので、それだけは守っているようだった。夕食の後片付けが終わると、私はウィークリーマンションへ戻るので、後のことは分からないが、少なくとも秀麗は言葉少なに、景山はちゃんと寝ていると告げたし、彼自身、余り疲れた様子も見せなかった。また小康状態が戻ってきたのだ。私は毎日アパートへ通って、食事の用意と家事の合間に近所を歩いて句作をし、街歩きと新聞とテレビで、今の日本という国を眺め、今の日本語と付き合っていた。日曜には、ファックスで台北から送られて来る句会の句を選び、添削した。

携帯が鳴った時、私は居間で掃除機を掛けていた。佐々木です、と声が響いた。それは大学で言語学を研究している佐々木一豊だった。何度も連絡を貰って申し訳ないと詫びた後、日本へいらしてるんですね、と言った。佐々木は、日本語族を取材するため、去年の秋に台湾へ来た。日本領の時代を生きた何人もの台湾人から話を聴いて新書を書いた。私にも献本してくれたが、なかなかよく調べていると思う。何よりの手柄は、戦後生まれの彼らの世代が、日本領の台湾のことを取り上げたことだ。日本語を考える上でぜひ会って置きたい人物だった。佐々木に日程を調整して貰って数日後に近くの居酒屋で会うことになった。そのやりとりを聴いていたらしく、景山が現われて、自分も行きたいと言い出した。彼は酒が好きだった。ビールや日本酒はよくないが、ワインなら大丈夫らしい。年金生活なので滅多に外食はできないから、久し振りに旨いワインを飲みたいという。それに食事制限はあるが、一日食べたい物を食べたら、翌日その分を節制すればいいようだった。アニメの制作が難所に掛かっているようで、気散じがしたいらしかった。彼は秀麗も誘ったが、

「私はいいわ」と大きな腹を抱えて応えた。

その日の夕暮れ、私と景山は駅の近くにある居酒屋へ行った。約束の六時にはまだ少し間があったが、すでに佐々木は来ていた。私達の姿を見つけると、ゆっくり立ち上がって、私達がテーブルの方へ来るのを待っていた。

「劉さん、ご無沙汰してます」と佐々木は丁寧に言った。

「お会いできるの、愉しみにしてました」

彼が景山の方へ視線を向けたので、

「友人の景山君です」と紹介した。彼は、ちょっと頭を下げた。

佐々木はメニューを差し出し、自分はアルコールがだめだが、つまみの類が好物なので、遠慮せずにやってください、と言った。私達はビールとワインを頼み、佐々木は次々に料理を注文し、テーブル一杯に皿を並べた。乾杯が終わると、

「どうですか、日本の印象は」と私に質問を向けた。

「東京は、あまり台北と変わらない」と私は応えた。

「今の日本語に違和感はありませんか」

「ありますね。私達が習った頃の日本語とは違う」

「どういうところが……」

「若い人達の話す言葉は、さっぱり分からない」

佐々木は笑って、なるほど、と頷《うなず》いた。

「このあいだ電車の中で女子学生が話しているのを聴いていたら、異星人みたいな気がしました」

「よく分かります」と佐々木は仔細気に頷いた。「彼女らは、ヤバイとカワイイの二つの言葉でコミュニケーションしてます。ヤバイ、カワイイの二つの言葉に、色々なニュアンスを与えてるのが面白いですね。二十一世紀の原始人ですよ」

「佐々木さんは、日本語の特質を、どう捉えてますか」私は訊いた。

彼は中空に眼を据え、少し間を置いて、

「僕は、漢字仮名交じり文に、日本語の特質があると思います」と言った。「それは日本文化の特質でもある」

「詳しく聴きたいですね」

私が促すと、佐々木はジンジャーエールを一口飲んで、

「この国に元々あったのは、口語の大和言葉です」と講義でもするような口調で話し始めた。「そこ

へ漢字が入って来て、当時の人々が訓読みを考えた。さらに片仮名、平仮名が作られた。また、漢字を使った造語をするようになった。そして、奈良・平安の頃から漢字仮名交じり文が使われるようになりました。

漢字仮名交じり文は、英語仮名交じり文にも、仏語仮名交じり文にも、何語仮名交じり文にもなる。つまり、外来語を平仮名で受ける。この、受ける、という点に特徴があります。受ける――つまり、受容する。何語でも受容できるんです。

漢字仮名交じり文は、その時々の優勢な外来語をうまく日本化して、日本語に取り込んできたんです。ただ、それはあくまでも受け止めるだけです。内部に浸透して文の構造にまで影響を与えることはありません。

つまり、受容しつつ排除するんですね。ですから、いくら外来語が入ってきても、日本語の本質を変えることはできません。これが日本語の特質であり、日本文化の特質です。僕は、チューインガムの文化と呼んでいます」

「この人はスペイン語ができるんですよ」私は景山を見た。

「スペイン語の場合はどうですか」と佐々木が訊いた。

「スペイン語は、漢字仮名交じり文のように文字がミックスされることはありません……」

佐々木は頷きながら言った。

「僕は、世界の言葉に通じてるわけではないので、もしかしたら似たような例があるかも知れませんが、恐らく漢字仮名交じり文のような書き言葉は、世界でも珍しいと思いますよ」

「仰ることは分かります。私も同じようなことを考えましたから」と私は言った。「私は違う観点から述べてみましょうか」

「拝聴します」

「私は、日本語と付き合って七十年になります。十代の後半からは、ずっと日本語について考えてきた。そこで分かったことは」と私は言葉を切って間を置いた。

佐々木は飲み食いを止めて次の言葉を待った。私は間の効果を十分に使った後で、

「日本語は難しいということです」と言った。

佐々木は笑った。私も笑いながら、

「でも、一つ分かったことがあった」と言った。「俳句をやってると実感するんですが、日本語は言い尽くすことを良しとしない」

佐々木は考える表情になってグラスを口に運び、ジンジャーエールを一口飲んで腕組みをした。

「言い尽くさずに途中で止めるんです。仕上げは受け手に委ねる。それが日本語の面白いところ。敢えて言うなら未完の美学ですね。

兼好法師は、物事は完全に成し遂げると面白くない、仕残して置くのが面白いと言いました。安藤

広重の富士の絵には、意図的に山頂を描いていない作品があります。芭蕉は『おくのほそ道』の松島のくだりで、敢えて松島の句を入れなかった。これは未完の面白さです。

佐々木さんの言い方を借りると、日本語、日本文化の特質は、ドーナツかも知れない。ドーナツの真ん中には、穴があります。あの穴がなければ、ただの揚げ饅頭です。穴があるからドーナツになる。あの穴は、必要なんです。

だから日本文化は、ドーナツの文化」

佐々木は、面白いな、と呟いた。しばらく沈黙があった。他の席から笑い声と拍手が起こった。

「実はね」と佐々木は神妙な顔付きで言った。「カミングアウトすると、僕は純粋な日本人じゃないらしいんです。祖父が大陸系の可能性があります」

「そうなんですか」

「ええ。祖母がそんなことを仄めかしたことがあって」

それからしばらくお互いの家族についての話が続いた。景山は話に加わらず、何か考えているような表情で、黙ってグラスを傾けていた。やがて佐々木が手洗いに立って戻って来た。すると景山がちょっと酔っ払った口調で、

「父親になりたくない……」と言った。

彼の言っていることがよく理解できなかった。景山はワインのグラスを呷《あお》った。私は彼の顔を見つ

めることしかできなかった。景山は言葉を続けた。

「言いたいことは分かります。だったら、なぜ、子供を作った……」

その通りだった。

望んだわけじゃない……と彼は呟いた。

「秀麗は、君の気持ちを知ってるのかい」

「知ってます……」

子供ができたことが分かった時、堕ろしてくれと言ったという。秀麗は、景山の気持ちを知りながら一緒に暮らしている――私の中に荒々しい怒りが込み上げてきた。

「秀麗は、産むと言ったんだね」

景山は頷いてテーブルにうつ伏した。秀麗は腎臓もくれるって言ったんだ、と自分を責めるような口調でテーブルを叩いた。佐々木が店員を呼んで、彼のために水を貰った。少し醒ました方がいいと思ったようだ。私達は景山の酔いが収まるまで居酒屋の喧騒の中にいた。


アイアンマンレースという過酷な競技がある。秀麗と出会ってからの私の生活は、あれだ。特に日本へ来てからは心の休まる暇がない。いつも神経が異常に昂っている。夜も寝付きが悪いし、朝は早くから眼醒める。これからのことを考えると、長生きをしなければいけないのだが、命を縮めているような気がする。昼食の片付けを終えて、秀麗がソファーでうとうと居眠りをしているのを見た時、父になりたくない、という景山の言葉を思い出した。これは私にとっては、いいことなのかも知れない。実を言うと、この言葉を聞いた時、怒りと同時にどこかで安堵も感じた。彼が父親としての立場を放棄すれば、その役回りが私に巡って来ないとも限らない。もともと私は、秀麗と子供の面倒を見るつもりでいた。改めてそれが叶えられる可能性が出て来たということだ。しかし秀麗にすれば哀しい話だ。恐らく二人はかつて深い関係にあったが、何らかの理由で別れ、彼女は台湾に戻った。それがまた関係を持つことになった。その辺りの事情は分からない。今、彼女は難しい境遇に置かれている。そう思うと、抱き締めてやりたい衝動に駆られたが、そっと体の向きを変えて、コロコロで床を掃除していた。するとしばらくして、

「劉さん」と秀麗が声を掛けた。

「ごめん。起こしたか」私はさっきの気持ちを見透かされたのかと思って、ちょっと慌てた。しかし彼女の口をついて出たのは、思い掛けない言葉だった。

「朗読してあげようか」

信じられなかった。

「今からかい」

「聴きたくなければいいけど」

「ちょっと待ってて。本を取って来る」

私は秀麗の気持ちが変わらないうちに、アパートを出てウィークリーマンションから本を持って来た。

「大丈夫なの。顔色悪いわよ」

息を切らせている私を見て秀麗は言った。

「すぐ収まる。ちょっと待って」

私は台所で水を飲んで呼吸の鎮まるのを待った。それから一冊の文庫本を秀麗に差し出した。岩波の梶井基次郎の短篇集だ。

「どこを読めばいいの」

「ちょっと待って」

私は秀麗の向かいに椅子を置いて腰を下ろした。

「愛撫という短篇がある。猫のことを書いた話だ。それを読んで」

ある日私は奇妙な夢を見た。
X――という女の人の私室である。この女の人は平常可愛い猫を飼っていて、私が行くと、抱いていた胸から、いつも其奴を放して寄来すのであるが、いつも私はそれに辟易するのである。抱きあげて見ると、その仔猫には、いつも微かな香料の匂いがしている。

夢のなかの彼女は、鏡の前で化粧していた。私は新聞かなにかを見ながら、ちらちらその方を眺めていたのであるが。アッと驚きの小さな声をあげた。彼女は、なんと！　猫の手で白粉を塗っていたのである。私はゾッとした。しかし、なおよく見ていると、それは一種の化粧道具で、ただそれを猫と同じように使っているんだということがわかった。しかしあまりそれが不思議なので、私はうしろから尋ねずにはいられなかった。

「それなんです？　顔をコスっているもの？」

「これ？」

婦人は微笑とともに振り向いた。そしてそれを私の方へ抛って寄来した。取りあげて見ると、やはり猫の手なのである。

「一体、これ、どうしたの？」

訊きながら私は、今日はいつもの仔猫がいないことや、その前足がどうやらその猫のものらしいことを、閃光のように了解した。

「わかっているじゃないの。これはミュルの前足よ」

彼女の答えは平然としていた。

巧みだった。官能的な所は官能的に、グロテスクな所はグロテスクに、声に微妙な抑揚をつけているので、言葉に色や匂いや手触りや風味までが感じられる。私は十分に梶井基次郎の文章が堪能できた。ありがとう、と言おうとしたら、秀麗はスペイン語で朗読を始めた。

Un día yo soné con extraño.
Su nombre X—
La sara de esa mujer.
Ella siempre tiene un gato mono.
Cuando yo visitaba su sala,
Siempre ella lleva un gato en los brazos y sulta me lo del su pecho,
Siempre me abbrrió eso.
Yo tomó en brazos a su gatito.
Ordinamente poco huele de perfume.
En el sueño de ella delante del espejo.

何のことはない。彼女はスペイン語の練習にするために私を使ったのだ。
『遠野物語』の録音は周りが静かになる夜半にやっていたようだ。声優は景山と秀麗だ。この日、しばらくしてから歌の録音をやることになった。私も聴いていていいようだった。近所の迷惑にならないように夜の早い時間から、秀麗はヘッドホンをつけて集音マイクに向かった。何度かテストして彼女は本番の歌を歌った。リラ・ダウンズの「泣き女《ラ・ジョローナ》」だった。

Salias del templo un día,llorona
cuando al pasar yo te vi
salias del templo un día, llorona
cuando al pasar yo te vi.

私は初めて秀麗が歌うのを聴いた。声量は豊かで、よく通る声の響きをしていて、どこか少し甘かった。話をしている時の彼女とは別人だった。朗読している時とも違った。スペイン語は分からないが一つの情景が浮かんで来た。髪の長い一人の女が街を歩いていた。私は改めて秀麗の魅力を発見した思いだった。

景山のアニメは完成が近づいていた。私にはよく分からないが、最後の行程に入ったらしい。洗濯物を窓の外のポールに干している時、後ろで彼の声が聴こえた。振り返ると、部屋の真ん中に立って

いて、胸の辺りで両手を組んで珍しく微笑を浮かべている。手を休めて、

「どうしたの」と訊くと、

「できた……」と言った。

ソファーでスペイン語の本を読んでいた秀麗が、

「完成したの」と訊いた。

「した。完成した……」

秀麗は立ち上がって彼を抱き締めた。大きな腹が邪魔そうだった。

「良かったね」と私は言った。

「見ますか……」彼はいかにも嬉しそうだった。

景山は作業机からパソコンを持って来て、ダイニングテーブルの上へ置き、たった今、完成したばかりの『遠野物語』を上映した。三人だけの試写会だった。パソコンに映っているアニメは残忍で美しかった。かつての東北の民話的な世界と、現代の東京の生活をうまく融合させている。「日本の伝統的な文化を蘇らせ、米国化された現代の日本文化との闘ぎ合いを表現したい」という企ては成功しているのではないか。驚いたことに秀麗の顔には柔らかな微笑が浮かんでいた。ふと、景山を見ると、何かを超越したような、静かで透明な表情をしていた。いい顔だった。そこには一つの仕事を成し遂げた満足以上の何かがあった。それから二週間もすると、秀麗の出産の予定日が近づいてきて、

掛かり付けの総合病院へ入院した。それは景山が人工透析をしている病院でもあった。私も同行できるかと思ったのだが、秀麗は、自分の部屋で待っているように、と言った。この日、景山は自分の人工透析もあったので、二人でタクシーに乗り込み、私の方へ電話を掛ける身振りをした。私はウィークリーマンションへ戻って、窓のサッシの汚れを取ったり、天井の埃を払ったり、普段まったくやらない掃除をして連絡を待った。独りでコンビニの弁当を食べている時に携帯が鳴った。景山からだった。秀麗はまだ陣痛が来ないし、透析も終わったので、今日の所はアパートへ帰る、と言った。その日、私は手持ち無沙汰な気分で時間を過ごした。翌日の昼近く、アパートで昼食の仕度をしていたら、景山の携帯が鳴った。

「陣痛、始まりました……」と彼が言った。

私は携帯でタクシーを呼んだ。病院に着いて秀麗の部屋のドアを開けると、壁の方を向いてベッドに横たわった彼女の腰の辺りを若い看護師が摩《さす》ってやっていた。

「どうだい」

秀麗がゆっくり振り返って、

「来たの」と迷惑そうな表情になった。「分娩には立ち合えないわよ」

「分かってるよ。その時は、外で待ってる」

秀麗はまた壁に向かって、そこに何か痛みを鎮めてくれるものでもあるかのように、手で押さえていた。景山は看護師に代わって優しく腰を摩ってやった。私はベッドから離れた所に椅子を置いて腰を下ろした。時々年配の看護師が様子を見に来て陣痛の間隔を確かめていった。だんだん痛みが強くなり、陣痛の間隔が短くなってきた。夕刻になって若い看護師が車椅子を押して部屋に入って来た。

「分娩室、行きますよ」と看護師は言った。

　秀麗は看護師と景山に助けられて車椅子に坐った。汗で髪が額に張りついていて、険しい眼をしていた。私は三人の後を尾《つ》いていった。車椅子の上で顔を顰める秀麗と、彼女の手を握る景山が分娩室へ入って行った。私は外の長椅子に腰を下ろした。どれぐらいで生まれるのだろう。やがてさっきの看護師が出て来たので、訊いてみたら、赤ちゃん次第ですね、と事務的に応えた。静かだった。分娩室の音は洩れて来ない。中の様子は想像するしかなかったが、経験のないことなので、想像のしようもなかった。句帳を開いて、句を詠んでみようとした。いくつもいくつも言葉は現われる。しかしそれを捉え損なってしまう。そんなことを繰り返しているうちに、こんなことは初めてだったが、「破」という一文字が頭の中を支配してしまった。まったく他の文字が思い浮かばない。私は句帳に、破、破、破、破、と、破の文字を並べていった。「正」の字で数をかぞえるのと同じだ。私は、言葉を捉え損なうごとに、破の文字をしるした。

　分娩室の扉が開いて看護師が慌ただしく現われた。

「何かあったんですか」

「そろそろですね。先生、お呼びします」

やがて年配の医師が落ち着いた様子でやって来て、「さ、やりますか」と分娩室のドアを開いた。一瞬、中の様子を覗いた。秀麗は、分娩台の上で上体を持ち上げ、見たこともない険しい表情をして、歯を食いしばっていた。その横で景山が身の置き所がなさそうに手を握っていた。ドアが閉まった。私は思わず立ち上がった。居たたまれなかった。中で行われていることの意味を、はっきりと悟った。出産は時として産婦の命を奪う。秀麗は、出産することで景山の心を摑もうとしている。これは命懸けの求愛の儀式だ。賭けだ。私の胸の中で破の文字が嵐になって吹き荒れた。いつの間にか「破、破、破」と呪文のように呟いていた。私自身が、破の文字になっていた。やがて扉が開いて、年配の医師が出て行った。赤ん坊の泣き声が聴こえた。年配の看護師が私を手招きした。秀麗は赤ん坊を抱いて、その顔をじっと見つめていた。眼尻から透き通ったしずくが一筋、零れ落ちた。胸が裂かれるほど美しく光った。

「おじいちゃんも、一緒に写真を撮りませんか」

私は作り笑顔で手を振った。ふと唇がぬるぬるするのに気づいて手の甲で拭うと血がついた。知らず知らず唇を嚙み締めて血を流していたらしい。喉が渇いていた。強い酒が飲みたかった。私は何か言いたげにこちらを見ている景山へ手を挙げてその場を離れた。タクシーを呼んで乗り込んだ。

「酒の飲める所へ」と私は言った。

しばらく走ってタクシーは繁華街の小さなバーの前に停まった。私は料金を払って店のドアを押した。カウンター席だけの質素な設《しつら》えで、蝶ネクタイをした年配のバーテンが、丁寧に挨拶した。私は止まり木に腰を下ろした。

「この店で一番強い酒を」

すぐ冷えたウォッカのグラスが眼の前に置かれた。一気に飲んだ。

「お代わり」

次のグラスも一息に呷《あお》った。そんなことを何回か繰り返していたら、バーテンはコップに冷水を注いで出した。

「ありがとう。でも、大丈夫。もう一杯」

「これで終わりにしましょう。足を取られます」

バーテンはウォッカのグラスを置いた。私はそれを呷って会計をした。店を出ると、だんだん酔いが回ってきた。頭の芯が痺れて、足元が覚束《おぼつか》ない感じになった。しかしそんな自分を俯瞰している自分もいて、どこか醒めていた。煙草が吸いたかった。このままウィークリーマンションに帰りたくなかった。景山にも会いたくなかった。歩いていると、どこまでも歩いて行けそうだった。気がつくと、大きな書店の前にいた。私は何となく店の中へ入った。日本語の本が並んでいて、日本人らしい人々がそれを手に取っていた。ありふれた書店の光景だった。私は手元の雑誌を何気なく取り上げてページを開いた。細かな字でびっしり日本語が並んでいるのを見ている内に、思わず雑誌を破りそうになったが、辛うじて堪えてラックへ戻した。どこもかしこも日本語ばかりだった。しかも日本語は平然としていた。人の人生を狂わせて置いて、私のことなど気にも留めていなかった。私はふらふらと辞書のコーナーへ歩いて岩波の国語辞典を買った。外へ出てコンビニでライター用のオイルとライターと煙草を買った。歩道に国語辞典を置いてオイルを垂らし、ライターで火を点けた。表紙から炎が上がり、じわじわと中のページが焼けていく。黒煙が昇る。それを眺めながら煙草を点けて思い切り深く吸い込んだ。人々は奇矯な行為をする酔っ払いを、無表情に避けて通った。

（あんたら、日本語、話すだろ）と私は心の中で言った。（日本語が何したか、知ってるか。知ってて、話してるのか）

当然ながら誰も応える者はいなかった。私は父がやったのと同じように日本語を焼いた。

出産から数日間、私は病院にも景山のアパートにも行かなかった。景山と秀麗には、気分がすぐれない、と言って置いた。実際、あの日から活力が奪われたようになってしまい、何をするにも億劫で仕方がなかった。ふとした時に命懸けの求愛をしている秀麗の顔が蘇ってくるのだ。すると体から力が失せていく。心の心棒を抜かれたようだった。日曜になると台北から句会のファックスが届いた。私が日本にいる間も台北では毎週句会が開かれている。私はその記録に眼を通して選句と添削をする。自分でそうすると言ったのだからやらないわけにはいかない。向こうでは同人達が待っているのだ。私は味気ない思いで機械的に作業を終えてファックスを送り返した。ウィークリーマンションの部屋に籠っているのも気鬱なので、近くの公園へ出掛けてベンチに坐っていた。やることがないから本でも読みたいところだが、日本語を見る気になれず、景山に借りたスペイン語の辞書と教科書を手にして、思いついたページを開いて読んでみたり、会話の練習をしたりした。

Calor lluvia tempestad relampago viento trueno clima escarcha
llovizna nuves inundacion frió terremoto herada tifón ciclón
arco iris pedrisco granizo nieve

——Ayer había mucha humedad.
——Por la noche va a llover.
——A mi no me gusta el frió.
——Es mejor el clima cálido.

日がな一日そうして過ごしているうちに、心の傷口が乾いて、滲んだ血が瘡蓋になっていく感じがあった。どうせ同じ日本にいるのだ。いつまで引き籠っていても何も変わらない。やはり禁煙は続けることにした。その朝、私はまた景山のアパートを訪ねた。ノックしてドアを開けると、ソファーで横になっていた景山が肘を立てて起き上がった。

「もういいんですか……」

「うん、まあまあ」私は曖昧な応え方をした。「今日からまた、おさんどんやるから」

「大丈夫なの」

ベッドで赤ん坊に授乳していた秀麗は、ちらっとこちらを見て言葉を掛けた。

「うん、まあまあ」

私は返事をしながら、秀麗に声を掛けられても、少しも歓んでいない自分に気づいた。逆にやるせない、苦しい気持ちになった。まだ、こたえているのだ。しかし少し窶れ気味でどこか愁いを帯びた秀麗を見ると、金庫にしまってあった宝石を確認したような気持ちで、相変わらず美しいと思った。私はエプロンをつけて台所に立った。

その日から家族が一人増えた。心だ。景山心——秀麗が命名した赤ん坊の名前だ。女の子だった。まだ容貌は小猿のようだが、どこか秀麗の面影がある。日本と台湾の血が入った娘だ。秀麗と同じ混血の子。心の世話をするのは秀麗だ。授乳をし、御襁褓《おむつ》を替え、風呂に入れる。赤ん坊は生命力そのものだ。そこにいるだけで存在が発光して、周りまで輝かせる。アパートの中は自然と活気が溢れてきた。秀麗の表情も穏やかになり、私に対する当たりまで柔らかくなったようだった。不思議なもので、私もだんだん心が可愛くなってきた。出産の時の秀麗の険しい表情が蘇ると、気持ちが萎えるのだが、彼女の腹から生まれたと思うと、自分の子供のような気がする。おさんどんを再開して二日目のことだった。夕食の後片付けを終えて、テーブルの上にベビーバスを据え、沸かした湯を注いだ。秀麗が産着を脱がせた裸の心を抱いて来て、体を湯に浸け、片手で器用に頭を支え、全身をボディーソープで優しく洗う。そしてソファーで一休みしていた景山に、裕一、やってみる？　と声を掛けた。彼は黙って母子を見つめていたが、立ち上がってベビーバスに近寄った。掌で湯を掬って怖々と心の胸に掛けた。じっと赤ん坊を見つめて、もう一度湯を掛けた。

「もういいかい……」

「後は私がやるわ」

秀麗は温かい湯を体に掛けながら泡を洗い流していく。すっかり綺麗になるとバスタオルを広げて心を包んだ。体を拭いてやってソファーの方へ抱いていく。喉が渇いているから授乳するのだ。私は見ているだけだった。それから一週間もしないうちだった。便所へ行こうとしていた景山が足を縺《もつ》れさせて倒れ、そのまま失禁したのは。彼は意識を失っていた。病院へ搬送される救急車の中で、景山は眼を開いた。

「俺、どうしたの……」と彼は呟いた。

「トイレへ行こうとして倒れたの」と心を抱いた秀麗が彼の顔を覗き込みながら言った。

「そうか」

そのまま黙って景山は、そこに自分の倒れた原因がしるされてでもいるように、救急車の天井を見つめていた。私は救急車の一番隅の方で様子を見守っていた。付き添いは奥さんだけにしてくださ い、と救急隊員に言われたのだが、無理に乗り込んだのだ。

「俺、うちに帰れますか……」彼は誰に訊くともなく口を開いた。

これから病院に行きますからね、と血圧を測っていた隊員が応えた。先生に診て貰いましょうね。

やがて病院へ着いて景山は処置室へ運ばれて行った。彼は貧血を起こして意識を失ったのだった。

人工透析を受ける患者に珍しいことではなかったが、その後、病院で念のために精密検査をした所、腎不全の合併症の一つである心臓の病が見つかった。放って置けば、命に関わるので手術をしなければならないという。景山は一旦アパートへ戻った。翌日、私は秀麗に付き添って病院へ行き、担当の医師から詳しい病状の説明を受け、手術の手続きをした。手術は二時間後と決まった。医者からはリスクの説明もあった。百パーセント成功するとは限らないし、部位が心臓なので万が一のこともある。それに後遺症の残る可能性もあるという。秀麗は黙って話を聴いていた。

景山は新しいアニメの制作に取り組んだ。スペイン語の『泣き女《ラ・ジョローナ》』だ。命に関わる心臓の病を患い、苦しい人工透析にも通い、食事と睡眠にも気をつけ、ひたむきに机に向かった。それは修行僧のような厳しい毎日だった。彼のアニメに対する思いは、極めて純粋だった。これは彼の性格のうちで砂の中に潜む金の粒だ。

手術の前日の夜、夕食の後片付けを終えてウィークリーマンションへ帰ろうとしたら、

「劉さん、俳句、教えてくれませんか……」と景山が意外なことを言った。

私が戸惑っていたら、秀麗が頷いた。ウィークリーマンションから歳時記を取って戻った。秀麗は心を入浴させ、乳を与えてベビーベッドで寝かしつけた。奥の間へ行くと、景山が仰向けになって天井を見つめていた。

「眠るのが惜しいんです……」

私は黙って歳時記を捲った。久し振りに見る日本語の俳句だった。どこか外国語のようなよそよそしいところもあり、旧知の友人との再会めいた懐かしいようなところもあり、変な感じだった。

「俳句は作ったこと、あるのかい」

「中学の頃、学校の授業で……」

「そうか。……お題を出そうか。夜食——こんな句があるよ」

夜空を見上げて夜食の箸を取る　尾崎放哉

「尾崎放哉、誰ですか……」

「放浪の俳人だね。無一物の人。俳句と命の他に何も持たなかった」

「いい生き方だな……」

「彼は、自分は石ころだって言ってる」

「石ころにも心がある……」

「それが放哉の句だったんだね」

「Cuando era niño.

Cayo la nieve mucha.

La nieve todo habiá comido.」

「ごめん。スペイン語は分からない」

「子供の頃。

大雪が降った。

全部僕の口の中に消えた。」

後ろから通訳する秀麗の声が聴こえた。

「スペイン語の俳句です。テキーラ俳句って言うらしいです」景山が言った。「どうですか」

「俳味があるね。俳句になってる」

「私も作った」秀麗が言った。

「En las tinieblas de la noche.

Las rosas rojas están en flor.

Cómo los ojos de la noche.」

「分からない」私は苦笑した。

「闇の中。

　赤い薔薇が咲く。

　夜の眼のよう。」

　景山が訳した。

「こっちは詩に近いね」

「次のアニメに俳句を入れることにしました」影山が言った。「サンティアゴ・バカは詩人ですから、本当は詩を入れたかったんですが、僕の能力を超えてました。でも、テキーラ俳句なら短いし、何とかなりそうな気がして」

「俳句の世界へ、ようこそ」と私は笑った。「歓迎するよ」

　私達はそんなふうに夜を過ごした。深夜になって景山は腰の痛みを訴えた。私は医者が処方した鎮痛剤を服ませて腰を摩ってやった。しばらくすると薬が効いて来て、彼はうとうとし始めた。私は疲れていたが、何だか眼が冴えて漫然と歳時記を読んでいた。拾っていたのは俳人らの命日だった。良寛忌、義仲忌、実朝忌、光悦忌、大石忌、西行忌、利休忌、其角忌、梅若忌、人麻呂忌、蓮如忌、友二忌、鳴雪忌、風生忌、茂吉忌、立子忌、誓子忌、三鬼忌、虚子忌、啄木忌、鑑真忌、蝉丸忌、業平忌、万太郎忌、健吉忌、たかし忌、多佳子忌、桜桃忌、楸邨忌、茅舎忌、秋櫻子忌、河童忌、不死男忌、草田男忌、宗祇忌、鬼貫忌、守武忌、西鶴忌、去来忌、普羅忌、水巴忌、林火忌、夜半忌、鬼城忌、子規忌、汀女忌、蛇笏忌、素十忌、年尾忌、源義忌、達磨忌、芭蕉忌、嵐雪忌、空也忌、貞徳忌、一茶忌、近松忌、蕪村忌、亜浪忌、波郷忌、一葉忌、漱石忌、青邨忌、青畝忌、一碧楼忌、寅彦忌、乙字忌、久女忌、草城忌、碧梧桐忌……何と多くの死者が和歌や俳句を支え伝えてきたことだろう。彼らは今も生きていた。死は忌むべきことではない。そのうち私は不思議な心持ちになってきた。ベッドの傍らで景山に付き添っている自分の姿が見えるのだ。どうしたことかと思う間もなく、暗黒の中へ投げ出され、烈しい勢いで回転している星屑の一つになっていた。やがてそれは星になり、大地が生じ、雨が降った。大陸と海が分かれ、海の中には小さい透明な生物が泳ぎ出した。それはいつか大きくなって背骨を持ち、手足が生え、海から大陸へ上がった。ぬめぬめした皮膚の生き物が増え、彼らの肌に毛が生えるようになり、空を飛ぶものと陸を駆けるものに分かれた。陸を駆けるものは両足で立ち、森を出て草原で暮らすようになった。彼らは手に石器を持ち、獣を狩った。そしていつの間にか言葉を使うようになった。草原には家が建ち、離れた所に町ができ、人々は物の売り買いを始め、神や仏を敬った。不意に景山が現われて、見る見る子供になり、心になった。見覚えのある風景が現われた。台北の街並みだ。謝坤成と呉嘉徳が立っている。先生、今度僕は、ニジェールの農家の娘になる、と謝が言い、僕は、アイスランドの靴職人の息子だ、と呉が言った。二人は口を揃えて、先生、必ず、僕らを見つけて、また俳句を教えておくれ、と言った。私は、心を抱いていた。二人は頷いて消え去っていく。待ってくれ、もう少し話がしたい。君らは僕の祖国なんだから――

誰か肩を叩く者があった。ふと見ると秀麗だった。ソファーを眼で促した。そこには毛布があった。窓の外はすでに夜が明け始めていた。どうやら居眠りをしていたらしい。私は、ハッとした。もしかしたら景山が息を引き取ったのではないか。しかし見ると、静かに息をしている。彼を起こさないようにゆっくり立ち上がってソファーで仮眠をした。

手術は無事に終わった。懸念されていた後遺症も残らなかった。人工透析さえ続けていれば、景山には私よりもたっぷりと生きる時間が与えられたのだ。私の心持ちは入り組んでいた。秀麗は心を抱いて毎日病院へ通った。私も赤ん坊の衣類などが入ったバッグを提げて、付き人のように一緒だった。景山はスケッチブックを持ち込んで画を描いていた。新しいアニメの原画のスケッチらしい。彼は生まれ変わったような輝きに満ちていた。やはり景山は若い。いくら努力しても、それには叶わない。私が七十四歳の老人であることは動かせない事実だ。この先どうなるのか、神経が磨り減るような日々が続いた。四日目になって一人の背の高い男が訪ねて来た。一瞬、景山はそっちを見て眉を顰めた。男の鷹のような眼の印象が彼に似ている。そのはずだった。父親だったのだ。傍らにいる私達に目礼をして、

「どうだ」と息子に言葉を掛けた。

「大丈夫らしい……」

「そうか」

父親は手に持っていたレジ袋を眼の前の椅子の上へ置いた。秀麗の抱いている心を初めて見る生き物のように見つめ、何か言い掛けたが、言葉が出て来ないらしく、所在無げに周りを見回して、じゃあな、と言った。

「うん……」

父親は病室を出る時、私達に深々と頭を下げて去って行った。

「君か……」と景山は秀麗に言った。

「そう」彼女は応えた。

「これ以上はやめてくれ……」

「分かってる」

景山はまたスケッチブックを持って画の続きを描き始めた。秀麗は眼で椅子の上のレジ袋を促して、片付けて、と言った。その中にはスーパーで買ったらしい桃のパックが入っていた。

その日から三週間程して退院の許可が下りた。本当は月曜に退院するはずだったのだが、一日も早く帰りたいという景山の意向で、病院に無理を言って日曜の午後にはアパートへ帰った。その日の夕食は快気祝いにいろいろ工夫をしてご馳走を拵えた。病院食よりは美味しいようで彼は完食した。ワインも少し飲んだ。秀麗も機嫌良く一緒に飲んだ。私も久し振りの酒でかなり酔っ払い、タクシーでウィークリーマンションへ帰って服を着たまま眠ってしまった。翌朝は寝過ごして慌ててアパートへ向かった。また普段の生活が始まった。景山はアニメの制作に取り組む。秀麗は心の世話をする。私はおさんどんと部屋の掃除をして、空いた時間に散策する。まだ俳句を詠む気にはなれなかった。日本での滞在は三カ月と決めてあったので、そろそろ台北に帰る日が迫っていた。それは日本語との関係に決着をつける日が迫っていることでもあった。父は日本による台湾の統治が終わり、大陸の国民党が進攻して来た時に日本語の書籍をすべて焚書にし、日本語と決別した。私と話す時でさえ北京語を使った。あれは父なりの日本語との決着のつけ方で、潔いと言えば潔い。だが、父にとっての日本語と、私にとっての日本語は、かなり違う。父にとって日本語は道具でしかなかった。しかし私にとって日本語は魂の領域にまで入り込んでいる。十代の半ばまで、教育のせいで、私は、身体は台湾人だが、精神は日本人だった。その影響は今も残っている。

夕食の後片付けをしてソファーで一服しようとしていたら、携帯にメールが届いた通知音が鳴った。ポケットから取り出そうとすると、景山が奥の間から現われて一枚の画を差し出した。浅黒い肌をした混血の女《メスティソ》だ。眼の辺りが、どこか彼に似ている。私はソファーに腰掛けた。彼は隣に坐った。

「どうですか……」

「これが新しいアニメの主人公かい」

彼は頷いて、眼で私の意見を促した。

「綺麗な人だね」

「綺麗……」

景山の口調は不服そうだった。しかし私に詳しい画の巧拙や味わいは分からない。

「劉さん、お湯」

心の御襁褓《おむつ》を替えていた秀麗が声を掛けた。

「ああ、そろそろ沸く」

景山は画をコーヒーテーブルの上に置いて腕組みをしてじっと見ていた。私は台所へ立ってガスコンロの火を消し、薬缶からテーブルの上に置いたベビーバスへ湯を注いだ。洗面器に汲んだ水を差して湯加減を整えた。

「いいよ」

秀麗は心を片手で抱いて、もう片方の手で湯を掻いた。赤ん坊を湯に浸けると、気持ち良さそうな笑い声を立てた。景山がこちらを見た。

「やる？」秀麗が訊いた。

彼は腕組みをしたまま、じっとこちらを見つめていたが、やがて何も言わずに俯いてしまった。秀麗は心に湯を掛け、ガーゼで首筋や腹を撫でるように洗い、バスタオルで包んでベビーベッドへ抱いて行った。乳を与えている時、景山は傍らに来て、

「秀麗、一緒に暮らそう……」と言った。

秀麗は彼の顔を見上げて、言葉の続きを待つようだった。

「考えたんだ……俺は普通の人より長生きできない……時間がない……これからは一分一秒、アニメのために使いたい……でも、お前とは一緒にいたい」

秀麗は景山をじっと見つめていた。

「俺で良かったら、一緒に暮らしてくれ……」

「……いいの？」

景山は頷いた。

「父親になる自信は、やっぱりない……でも、何とかやってみる」

「無理しないでいい。子供は私が育てる。最初からそのつもりだったから。裕一はアニメに専念すれ

ばいい」と秀麗は言った。

私の頭はめまぐるしく回転した。そして一つの結論を出した。私が神様になろう。

「おめでとう」と私は言った。「子供には両親揃っているのが一番いい。僕に君達を援助させてくれ。景山君の年金だけでは生活も大変だろうし、秀麗も家族を説得しないといけない。そういう面倒を僕が引き受ける。そうしよう」

「劉さん」と私の言葉を遮るように秀麗が言った。「……ありがとう。私だけで大丈夫だから」

私は独りでにソファーへ坐った。それは初めて秀麗から言われた礼の言葉だった。

「そうか……」

私はもう言葉を持っていなかった。ありがとうございました……と景山は呟いて奥の間へ戻って行った。秀麗は何事もなかったように心に乳を与えた。あっけなかった。ひどく喉が渇いていた。

「麦茶を貰う」

私は立ち上がって冷蔵庫から麦茶を出して一息に飲んだ。本当にこれで終わりなのか。もう手はないのか。知恵を絞ろうとしたが、何も考えられなかった。しばらく台所のテーブルでぼうーっとしていた。どれぐらいそうしていたか。携帯にメールの届いた通知音が鳴った。画面を見ると、張秋香だった。気づかなかったが、昨夜から何通も届いている。

(先生、体、大丈夫なの)

（どうして）

（選句のファックスが戻って来ない）

私は、退院の慌ただしさで昨日が日曜だったということをすっかり忘れていた。

（うっかりしてた。ファックスは今夜中に送る）

私はもう一杯麦茶を飲んで自分の体を引き上げる思いで立ち上がった。アパートを出る時、ふと振り返ると、薄明るい灯《ともしび》の下、心に乳を与えている秀麗の姿が見えた。ウィークリーマンションの部屋に戻って電話機を確認したら、ファックスを受信した記録がある。印刷のボタンを押した。だらだらと長い記録用紙が垂れ下がった。それを手に取った。

私には、もうこれしか残されていない。ファックスの紙を持ったまま床に坐った。眼を閉じた。これしか残されていないのだ。頭の中で日本語と出会ってからの出来事がパノラマのように高速で映し出された。それは長いようでもあり、短いようでもあった。やがてそれまで「スリープ」になっていた私の中の日本語のスイッチが、ふいっと「再起動」になった。眼を開けた。

夕風や寺領に遠く韮菜花《クウツァイフェー》（林蘇綿）

久し振りに読む台湾俳句だった。妙に新鮮に感じられた。声に出して読んでみた。驚いたことに、口

に入れた果物から果汁が溢れるように、言葉から生々しい何かが迸った。韮菜花の句では、黄霊芝の、

纏足の祖母の小畑韮菜花

がある。韮菜花は台湾の家庭料理に欠かせない食材で、油で炒めて香りを愉しむ。精力がつくので僧坊には入れないとされる。炒めた韮菜花の香りが鼻を突いた。私は記録用紙に達筆で書かれた俳句を順番に声に出して読んでいった。

柳丁《リュウティン》の宴のあとの裏ばなし（石麗珍）

柳丁は、台湾でもっとも多く生産される甘いみかんのことで、よく料亭やレストランなどでデザートに供される。皮が固いのでナイフで剝いて食べる。

孔子祭老子に届く花の籠（黄葉）

「台湾好《タイワンハウ》」歌って今年も光復節（陳錫枢）

台北の賑やかな孔子祭の光景が浮かび、台湾が日本領の時代を終えた記念日に打ち上げられる花火の音が聴こえた。

下校児に土豆湯《トウタウトン》のよく煮えて（徐静英）

土豆は、落花生のことだが、花生は中国語で、台湾では土豆という。殻を割って実を取り出し、お湯に浸して皮を剝き、砂糖で煮込む。肌寒い日に、よく母が拵えてくれた。

老人に口笛ありし目白来る（葉七五三江）

台湾に咲く楊桃は、小さい紫紅色の花を小枝につけ、目白の群れが啄む――私はいつの間にか選句をして、推敲することに熱中していた。これらの言葉は、私の生の根っこに繋がっていた。私の実存に繫がっていた。それは台湾化しているとは言え、紛れもない日本語だった。しかしそれが写すのは、濃厚な台湾の風土だった。これが台湾の俳句だ。私はこれまでも台湾しか書いてこなかった。これからもそうだ。台湾を台湾化した日本語で写す――それによって日本の俳句の間口を広げることができる。そして、ほんの少しだけ日本語を変えることができる。そうすることが私の、日本と日本語への報復ではないか。謝坤成が「そうだ」と言った。呉嘉徳も「その通りだ」と言った。生きている私も、死んでいる彼らも、日本語と共に存在している。私はやはり日本語を手放せない。いや、手放さない。俳句を手放さない。覚悟を決めた。芭蕉に連なる日本語の歴史を幹とすれば、日本語族の言葉は表皮にざっくりと刻まれた傷から芽吹いた小さな枝に過ぎない。しかしその小さな枝が樹木そのものの景色を変えることもある。私は傷として残る。美しい傷として。

選句と添削が終わって、私は静かに昂揚していた。そのまま記録用紙を張秋香の元へ送った。台湾から海を渡って来た台湾化した日本語達が、装いを新たにしてまた海を渡って台湾へ帰って行く。その様子を想像しながらファックスの前で立ち尽していた。やがてベッドに腰を下ろした。

一句を得た。

ともしびや乳含ませる聖母かな

秀麗が心に乳を与える姿は、遠い昔の夢とも思い出ともつかぬ光景に重なっていた。

・参考文献

『台湾俳句歳時記』黄霊芝　言叢社
『自選谷川俊太郎詩集』岩波文庫
『仙境異聞勝五郎再生記聞』平田篤胤著、子安宣邦校注　岩波文庫
『現代用語の基礎知識　２００３』自由国民社
『オバマ・グーグル』山田亮太　思潮社
『基礎物理学　第２版』後藤憲一・小野廣明・小島彬・土井勝　共立出版
『現代スペイン語会話辞典』欧米・アジア語学センター編　日東書院

村上政彦（むらかみ・まさひこ）

1958年三重県生まれ。1987年に「純愛」で海燕新人文学賞受賞。芥川賞候補に5度選出される（1990年下半期「ドライヴしない？」、1991年上半期「ナイスボール」、1991年下半期「青空」、1992年上半期「量子のベルカント」、1993年上半期「分界線」）。1998年、「ナイスボール」が「あ、春」と題され、相米慎二監督・佐藤浩市主演で映画化。著書に、『ナイスボール』（福武書店）、『トキオ・ウィルス』（講談社）、『ニュースキャスターはこのように語った』（集英社）、『東京難民殺人ネット』（角川春樹事務所）、『「君が代少年」を探して　台湾人と日本語教育』（平凡社新書）など多数。

石炭袋

台湾聖母

2020年4月7日　初版発行
著　者　村上政彦
発行者　鈴木比佐雄

発行所　株式会社 コールサック社
〒173-0004　東京都板橋区板橋2-63-4-209
電話 03-5944-3258　FAX 03-5944-3238
suzuki@coal-sack.com　http://www.coal-sack.com
郵便振替　00180-4-741802
印刷管理　（株）コールサック社　制作部

＊装丁　奥川はるみ

落丁本・乱丁本はお取り替えいたします。
ISBN978-4-86435-412-7　C0093　￥1700E